新潮文庫

大和路・信濃路

堀　辰雄　著

目次

大和路・信濃路

狐《きつね》の手套《てぶくろ》

一　（芥川龍之介《あくたがわりゅうのすけ》の書翰《しょかん》に就《つ》いて）

僕はこの頃、芥川龍之介書翰集（全集第七巻）を読みかえした。そしてちょっと気のついたことがあるから、それを喋舌《しゃべ》ってみたい。

芥川さんは brilliant な座談家だったそうである。そういうどこか才気煥発《かんぱつ》といったような風貌《ふうぼう》は大正七、八年頃の書翰の中にうかがわれないことはない。しかし、そういう芥川さんは僕のすこしも知らない芥川さんだ。

又、芥川さんは風流人だったそうである。なるほどひと頃の書翰を見ると、終日俳句に凝ったり、なんという雅号をつけようかと苦心したりしている。そういう「澄江《ちょうこう》堂《どう》主人」もまた僕はあまり知らないのである。

それでは、僕の知っている芥川さんはどういう人かといえば、そのような談論風発といった人でもなければ、又、風流な澄江堂主人でもない。その頃からもう神経衰弱であったせいか、むしろ話の下手《へた》くそな、無風流な人であった。しかし、そういうものを通じたおかげで、僕はかえって芥川さんの本当の brilliance に接触していたのである。

晩年の諸書翰は、そういう吃《ども》りがちな芥川さんをかなり明瞭《めいりよう》に語っている。その中には、書くのがいやでいやで仕様がないといった調子の手紙が少くない。そうでなければ、大抵は自分の病苦を友人に訴えた手紙だ。ことに斎藤茂吉氏宛《あて》の数通の書翰にはもう心身共に疲れきっていたらしい芥川さんの姿が髣髴《ほうふつ》される。そしていかにも斎藤氏一人を頼りにされていたらしいようである。それらの書翰を通じて、斎藤氏の芥川さんに対する温かな心使いをしみじみと感じるのは僕一人だけであろうか。

****

漱石《そうせき》、鷗外《おうがい》の両氏を除けば、芥川さんのもっとも私淑していた先輩は、斎藤茂吉氏と志賀直哉《なおや》氏の二人であるといってよい。就中《なかんずく》、斎藤茂吉氏については、その歌をいかに愛しているかを芥川さん自ら「僻見《へきけん》」（全集第五巻）の中で書いている故《ゆえ》、僕はここには書翰集の中から数行を引用してみよう。

昭和二年二月二日斎藤茂吉氏に与えた書翰の中に、「先夜来、一月や二月のおん歌をしみじみ拝見、変化の多きに敬服致し候《そうろう》。成程これでは唯今《ただいま》の歌つくりたちにidea の数が乏しいと仰《おお》せらるるはずと存候。（もちろんこれは小生をも憂ウツならしむるに足るものに候）……」と書いている。

僕はこの頃作家には二つの型があるように思っている。一方の作家は一つの作品から次の作品へと直線的に、或《あるい》はスロオ・カアヴを描きながら、進んでゆく。もう一方の作家は、稲妻《いなずま》形に進むのである。たとえば、歌人の場合もそうであって、島木赤彦《あかひこ》氏などは前者のよい例である。そして斎藤茂吉氏などが後者ではないかと思う。前者は深くはいることにのみ専心する。どうしても一本調子になる。idea の数が乏しいのだ。それに反して後者は作歌の変化をその生命としている。idea を豊富にしようとする。一首ごとに別の idea を盛ろうとする。つまり仕事の上で慾張りなのだ。

＊＊＊

短篇作家としての芥川さんもまた、斎藤茂吉氏のような稲妻型の作家であった。この種の作家にあっては、仕事に活気のあるときはどうもその稲妻のジグザグがはげしい。

晩年の芥川さんの仕事を見るがよい。ほとんど矢つぎ早に書かれた「玄鶴山房《げんかくさんぼう》」「蜃気楼《しんきろう》」「河童《かっぱ》」「三つの窓」「歯車」それから「西方の人」などを列挙すれば、いかにそれらの作品が変化に富んでいるかが解《わか》るだろう。そういう芥川さんや斎藤茂吉氏のような作家の諸作品を味うには、先《ま》ず、今いったような idea の数の多いことを楽しんでかかる方がいいと思う。勿論《もちろん》、それが唯一《ゆいいっ》のものであってはならない。が、そんなことは云《い》うだけ野暮《やぼ》であろう。

＊＊＊

僕はもっと斎藤茂吉氏に宛てた芥川さんの書翰について書いてみたいのだが、それは又次の機会にしよう。そしてここにはこの書翰の一通（大正十五年十二月四日付）から少しく引用して置こう。

「……オピアム毎日服用致しおり更に便秘すれば下剤をも用いおり、なお又そのためじが起れば座薬を用いおります。中々楽ではありません。しかし毎日何か書いております。小穴君（隆一氏のことなり）この頃神経衰弱が伝染して仕事が出来ない。僕曰《いわ》く僕は仕事をしている。小穴君曰くそんな死にもの狂いミタイなものと一しょになるものか。但《ただ》し僕のはろくなものは出来そうもありません。少くとも陰うつなものしか書けぬことは事実であります。おん歌毎度ありがたく存じます。僕の仕事は残らずとも、その歌だけ残ればとも思うことあり。かかる事はお世辞にもいえぬ僕なりしを思えば自ら心弱れるのを憐《あわれ》まざる能《あた》わず。どうかこの参りさ加減を御笑い下さい。

……」

附記

この一文を艸《そう》したのち、斎藤茂吉氏の芥川さんの死をともらう歌を読み、そのなかの「壁に来て草かげろふはすがり居《を》り透《す》きとほりたる羽《はね》のかなしさ」という一首に私は云いようもなく感動した。

二 「文芸林泉」読後

「文芸林泉」は室生《むろう》さんの最近の随筆集である。が、読後、何かしらん一篇の長篇小説を読んだような後味《あとあじ》が残る。「京洛日記」や「馬込林泉記」や「いつを昔の記」などの小品風なものばかりではなく、「文芸雑記」などのようなものさえ、さながら小説を読んでいるような気持を起させるのだ。そこに室生さんの随筆の妙味がある。そして私は読後しばらくしてから、自分がそんな雑記のようなものにまで小説らしいものを感じさせられたのは、この本そのものの影響であることに気づいたのだ。室生さんは芭蕉《ばしよう》や一茶《いつさ》の発句《ほつく》のようなものからすら、いつも小説らしいものを嗅《か》ぎだされている。そしてそういうものを大層好まれている。逆に小説そのものにかえって小説らしくないものを求められる位にまで、そういうものを好まれている。私自身はこの頃どちらかというと、小説はやはり小説らしいものが好いのじゃないかという考えに傾き出しているが、そんな私までがこの本を読んでいるうちにいつか室生さん流になり、この随筆集から小説らしいものを感ぜさせられている。それほどこの本に親しめたことは、私にとっては何よりも気持がよいのだ。

＊＊＊

「京洛日記」は、この冬京都にラジオの放送に行かれた折、寺院や庭を見てまわられた日記である。それらの庭々の冬ざれの様子が巧みに配された人事と相俟《あいま》って、たいへん興趣深く語られている。蝕《むし》ばんでぼろぼろになった板廊下だの、土塀《どべい》の瓦《かわら》や杉苔《すぎごけ》の色までがくっきりと目に浮んでくる。が、それと一緒に、明け方の京都の町を走っている放送局の自動車のなかで、講演原稿を大きな声で復習している室生さんの寒そうな姿が、甚《はなは》だ印象的である。

そのなかの「龍安寺《りようあんじ》」の章を読みながら、この庭が芥川さんの最も愛されていた庭だったのを私は思い出した。室生さんも「ひょっとすると龍安寺などがこんど見て来た庭のうちで最も心に残って澄みきっているのではないかと思った」と言われて、その「京洛日記」を結ばれている。

しかしその庭を見に行かれた折の日記によると、「……六十坪に十五の石が沈みきっているだけである。しかし無理に私どもに何かを考えさせようとする圧迫感があって、それがこの庭の中にいる間じゅう邪魔になって仕方がなかった。宿に帰って燈下《とうか》で考えるとこの石庭がよくこなれて頭にはいって来るようである。固い爺《じじ》むさい鯱張《しゃちほこば》った感じがうすれて、十五の石のあたまをそれぞれに撫《な》でてやりたいくらいの静かさであった。相阿弥《そうあみ》の晩年の作であるという志賀直哉氏の説は正しい。只《ただ》、爺むさく説法や謎《なぞ》を聞かされるのは厭《いや》であるが、相阿弥のこの行方は初めはもっと石をつかっていてそれを漸次《ぜんじ》に抜いて行ったものか、もっと少なく石を置きそれに加えて行ったものか、盤景をあつかうような簡単な訣《わけ》に行かなかったに違いない。相阿弥が苦しんでいるのが固苦しい感じになって今も漂っているのであろう。」

恐らく芥川さんはその謎めいた魅力にいきなり飛びつかれて行かれたのだろう。が、室生さんは一応はそれに抵抗された。しかし最後にはその謎めいた魅力に打負かされている。

芸術品の魅力は、結局、そういう謎めいたものにある。謎のないものは、すぐ私達を倦《あ》きさせるのだ。

＊＊＊

芥川さんのような作家は、そういう謎をいつも作品の奥深くに秘めている。それがその作品を解《わか》りにくくさせている。が、室生さんの場合は、その謎をあんまり開けっ放しのところに置いているので、反《かえ》って誰からも気づかれずにいるのだ。

例えば、非常に私の好奇心をそそられた一節がある。それは「文芸雑記」のなかで友人藤沢清造の餓死について書かれている一節である。室生さんはのたれ死をした藤沢清造のことをかなり手きびしくやっつけられているが、その数行のあいだ、室生さんは藤沢清造のことを「渠《かれ》」と（それは明らかに印刷上の過誤ではなく、二箇所繰返して）書かれている。私はいつも室生さんがそういう場合に「彼」という字を用いられることを知っていた。そして、その室生さんがいま不用意にその「彼」という字でなしに「渠」という字を用いられているのを見て（室生さんがその使いつけない字をその時ことさらに用いられたのだとはどうしても思えない）私は妙に心を打たれた。そしてその思いがけない打撃によって、私は自分の知っているかぎりの藤沢清造のことを、それから昔読んだことのある彼の短篇のすっかり忘れていた筋までをまざまざと思い浮べたくらいだった。（藤沢清造はその短篇のなかでいつも「渠」という字を用いていたのだ。）

室生さんの作品の魅力は、いつも、こういうところにあると言ってもよくはないか？

＊＊＊

私なんぞは一人で考えごとに耽《ふけ》っていることは好きな性分なのだが、どうもそれをいざ書くとなると億劫《おっくう》でならない。そんな折に、いつも室生さんはよく書くなあと思う。その真似《まね》は出来そうでいてなかなか出来ないのだ。思うに、私達は頭のなかで一通りも二通りも考えて置いてから、それから言葉を捜しに出かける。気に入った言葉が見つからないと、いつまでも手間どっている。が、室生さんはそんなことをしない。室生さんは手あたり次第の言葉そのもので直接にものを考えて行く、何かしらん書いているうちに考えのこんがらがりがほぐれ出してくる、そういったところがある。つまり、室生さんには、書くということと考えるということが同じことなのだ。

それが一方、さっきの藤沢清造のような場合には、見事な効果を生む。が、一方、どうかするとその文章が大へん解《わか》りにくいようなことにもなる。しかしその文章が解りにくいように見えるのは、決して室生さん自身でも口癖のように言われるように頭が悪いからではなく、それは言葉の一歩手前にいる考えそのものを示しているからなのである。その文章がどうかした拍子に辻褄《つじつま》が合わなくなってしまうのは、考えが思いがけない飛躍をするので言葉の方でついて行けなくなるからに過ぎない。――そういう室生さんの文章を「悪文」だという人は、一種の偏見からそう言うのか、それとも考えるということの面白さが全然解らない人達であるのに違いない。そう私は思う。

文章というものは、それ自身が目的ではなく、単なる手段に過ぎないのだから。

＊＊＊

悪文といえば、この集中の「感想小品集」のなかにも「悪文」という一篇がある。「このあいだ与謝野晶子《よさのあきこ》さんの『冬柏《とうはく》』という雑誌に、森茉莉《まり》さんが室生犀星《さいせい》論を書かれているなかに、室生犀星がもし発狂したらと書いてあった。僕はその発狂という文字に久しぶりにかいごうしたような気がして快く読み過した。僕は度々《たびたび》犀星論を書かれたことがあるが、発狂したらという偶然にしろそう見て書いた評家が一人もいなかった。発狂する人間は大抵妄想《もうそう》からそうなり絶えず追っかけられるようなセカセカした中に身も心も置かれるそうである。僕は発狂するなら酒からそうなるであろうが、茉莉さんは僕の書いた随筆などから何か感じだされて、それを見トドけて危ないところを統計的に考えあわせてそういわれたのであろう。もっと適切にいえば僕の書くちょっと意味の取りにくいところに意味を含んだ、そういう悪文のなかに精神的異常をかぎだされたのかも知れない。」

その森茉莉さんの室生さん論を私はちょっと読んでみたいと思っているが、まだその機会を得ない。そこで私はこの一節にあらわれた室生さんの考えだけを見るより他《ほか》はないが、私はそういう室生さんの発狂に対する不安のなかにいささかの不安も感じられなかった。むしろ、これを読んでいかにも室生さんらしいといった一種微笑《ほほえ》ましいような気がした。私にはいつもの室生さんらしくそういう恐ろしい空想をもってさえも日常生活を豊かにされ楽しまれているように思えるからだ。それにこの場合は、そういうことを森茉莉さんに言われたことの多少の感慨もあったからであろう。私はそれをあとで「駒込倫敦《こまごめロンドン》」という一篇を読んで確めた。

その随筆のなかで室生さんはまだ若くて貧乏暮らしをされていた頃のこと、よく本などを売りに行く途中、森さんの家の前を通られ、その門の前に茉莉さんらしいお嬢さんの遊んでいるのを見かけたことなどを書いていられるのだ。その次ぎの「本郷通り」という随筆のなかでも、室生さんは当時の貧乏暮らしを回顧され、そういう貧乏のなかでも、仏蘭西《フランス》の廉《やす》タバコや西洋蠟燭《ろうそく》などを購《か》って楽しまれていたことを書かれ、「そのころ生活というものは生きることばかりが生活ではなくして、生活はそれを喜び楽しむことも内容としていることを、学び得て初めて知っていたからであった。」と言うていられる。

これくらい僅《わず》かな語でもって室生さん独特の生き方をはっきり示しているものは他にあり得まいと私には考えられる。室生さんは何か悲しいことでもあると、その悲しみそのものを楽しまれようとする——そういう二つの相反した感情が絶えず室生さんの心のなかでは微妙な均衡をすこしも危なげなしに得ている。若《も》し発狂したらというようなことでも、室生さんは真面目《まじめ》で考えられているのだが、同時にそういう空想をも何処《どこ》かで楽しまれているようなところがある。そういう微妙な精神的均衡を、私は室生さんのなかに発見する時くらい、私達の生きることのよさをしみじみと感じることはないのだ。

此処《ここ》に、「文芸林泉」読後の慌《あわただ》しい感想を書き取って置いた。

三　クロオデルの「能」

ポオル・クロオデルが日本に滞在中に書いた「日のもとの黒鳥」（L'Oiseau Noir dans le Soleil Levant）という本も、ときどき取り出して見ている本の一つである。この本の題名に使われている何か象徴的な感じの黒鳥というのは、実はクロオデルの洒落《しゃれ》なのだそうだが、そんなところもなかなか好ましい。いろいろ好《よ》い論文や小品が集められているが、僕が屢〻《しばしば》この小さな本を手にすることのあるのは、大抵はそのなかの「能」という小論文を読みかえすためである。

「劇とは何事かが到来するものであり、能とは何びとかが到来するものである」という彼らしい荘重な定義をいきなり冒頭に置いてから、クロオデルは、先《ま》ず、橋懸《はしがか》りと本舞台とからなる舞台の説明から始め、それから能の音楽――囃子《はやし》と地謡《じうたい》と――を紹介する。それらの囃子の中で、あの哀調に充《み》ちた笛を「過ぎゆく時間の我々の耳に対するときおりの転調、演者の背後での時間と瞬間との対話」であると言っているなどは面白い。又、地謡――これは、ギリシャ式に合唱（Le Chœur）と云《い》う言葉を使っているが——は筋《アクシオン》には関与せずに、単にそれに非人格的な註釈《ちゆうしやく》をつけ加えるものだと紹介している。それは過去を語り、風景を叙し、イデエを展開させ、登場人物を説明し、詩又は歌曲によって応答する。

「それは物語る彫像の傍《かたわ》らにうずくまったまま、夢み、私語するのである。」

さて、次に登場人物が説明されている。それは二人きりである、即《すなわ》ちワキとシテである。そのいずれも一人が数人のツレを伴っていることもあり、又、いないこともある。

ワキは凝視し、待ちうけている者である。彼は決して面をかぶらない。彼は普通の人間なのである。

舞台はワキの出によって、静かに始まる。正面までしずしずと出てきたワキは、我々に向って、名乗りを上げる。例えば、諸国行脚《あんぎや》の僧などである。それから彼はワキ座につく。そして橋がかりの方へ目を据えて、彼は待っている。

彼が待っている、と何びとかが現われてくるのである。

神、英雄、仙人、亡霊、鬼など——シテはいつも見知らぬものの使者である。そしてそれに準じて彼は面をつけるのである。それはワキに自分を発《あば》いてくれるようにと歎願《たんがん》する、覆《おお》い隠れた、秘密な何物かである。その歩き方と所作は、それを引きつけそれを彼の想像地帯に囚《とら》えたままにしておるところの、ワキの眼差《まなざ》しの函数《フオンクシオン》である。例えばそれは、その亡霊がその殺害者に一歩々々近づこうとする、殺された女などである。——ワキは、長い間、彼女の上に目を据えている、看客は彼を見守っている、彼は目《ま》ばたきさえしてはならない。……ワキは尋ねる、シテは答える、地謡が註釈する。そしてこの面をかぶった、悲愴《ひそう》なる来者は彼をそんな風に来《きた》らしめた者に、涅槃《ねはん》をもたらす。そして彼（シテ）は音楽でもって、像《イマアジュ》と言葉との囲いを組み立てる。

それから間になる。通行人がやって来て、ワキに、対話の調子で低声に問うたり、又説明したりする。

さて、後の場になる。ワキはその役目を了《お》える。そしてもう傍観者に過ぎなくなる。一瞬間引っ込んでいたシテが再び現われる。彼は死から、粗描から、忘却から出てくるのである。彼は着附《きつけ》を換え、ときには変形する。いまや全場面は彼のものである。彼はその魔法の扇でもって、現在を蒸気のように追い払い、そしてその不思議な衣のゆるやかな風でもって、もはや存在しておらぬものに、彼のまわりに浮び上がるように命令する。他の者らがそれに続けるに従って消え去ってゆく彼の詞《ことば》の魔術によって、地下の光景が漸《ようや》く灰の中からはっきりと浮んでくる。シテはもはや物語らぬ。彼は僅《わず》かの言葉、僅かの抑揚にみずからを制限する。そして地謡が一種の非人格的な歌唱で、シテの代りに、肉体的及び精神的風景を展開させる役目をする。シテは左右に走り、確かめ、証明し、展開させ、又所作をする。そして姿勢と方向との変化によって、夢幻劇のすべての推移を示す。驚くべき逆説《パラドクス》によって、それはもはや演者の内部にある感情ではなくして、演者が感情の内部に入ってしまっているのである。……

かくのごとく能の構成を説明してきたクロオデルは、今度は、その全体としての印象を与えようとする。それが夢に似ていること、演者が一種の催眠術的状態の裡《うち》に動いていること、そして泣いたり殺したりするのには、唯《ただ》、眠りに重たくなった腕をもち上げさえすればよいことなど。そして光っている面の上を滑りながら足の指を上げたり下げたりなどしている演者については、「その各《おの》〻《おの》の動作は、大きな衣裳《いしょう》の重みと襞《ひだ》と共に、死に、打ち克《か》たんがためのものであり、又その動作の一々は、失える熱情の、永遠の中における緩《ゆる》やかなる模写であると言えよう。」――「影の国から連れ出されて、それが我々の冥想《めいそう》的な眼差しの裡に、自ら描くところの生なのである。」

──「我々は我々のいかなる行為をも、不動の状態において見るのである。動きにはもはや意味しか残っていないのである。」──「我々の目の前に一瞬間形づくられる彫像のごとくに、夫が、その妻を見つめようともしないでその前を通り過ぎようとする刹那《せつな》、その愛する者の肩の上に置いた手のなかの何という優美さ！　そして絵入新聞の中に見かけらるるごときかかる悲哀の俗な動作も、それが緩やかに、注意ぶかく、演ぜられるとき、何んとそれは深い意味をもつことだろう！」

クロオデルはかくのごとく能の美しさを説きすすみながら、更らにかかる能の歴史、謡曲の文学的性質、さては能の衣裳、面、扇などにまで独自の見解を加えている。例えば、扇についてはこう書いている。

「この彫像の上で、それは顫《ふる》えている唯一つのものである。それはその彫像の腕の先にただ一つきりある人間的な葉むれである。そしていましがた私が言ったように、それは翅《はね》のように、思考のあらゆる態を真似《まね》る。それは色彩組織を変え、心臓の上でゆるやかに打ち、又、不動の顔の代りに震える、金と光との点である。それは手のなかに咲いている花であり、炎であり、鋭い矢であり、思考の地平線であり、魂の顫動《せんどう》である。『蘆刈《あしかり》』の中で、長い別離のあとで、夫と妻とが再会するとき、二人の感動は、二人の息づかいを一瞬間ごっちゃにしてしまう、二箇《こ》の扇の顫動によってのみ表現されるのである。」

雉《き》子《じ》日記

雉《き》子《じ》日記

一

去年の暮にすこし本なんぞを買込みに二三日上京したが、すぐ元日にこちらに引っ返してきた。汽車がひどく混んで、私はスキイの連中や、犬なんぞと一しょに貨物車に乗せられてきたが、嫌いなスティムの通っていないだけでも、少し寒くはあったが、この方がよっぽど気持が好いと思った。

すっかり雪に埋もれた軽井沢に着いた時分には、もう日もとっぷりと暮れて、山寄りの町の方には灯《ほ》かげも乏しく、いかにも寥《さび》しい。そんななかに、ずっと東側の山ぶところに、一軒だけ、あかりのきらきらしている建物が見える。あいつだな、と思わず私は独《ひと》り合点をして、それをなつかしそうに眺めやった。

ハウス・ゾンネンシャインと云《い》う、いかめしい名の、独逸《ドイツ》人の経営しているパンシヨンが、近頃釜《かま》の沢の方に出来て、そこは冬でも開いていると云うことを、夏のうちから耳にしていたが、私がそれを見たのはついこの間のこと、――クリスマスを前に、二三日続いて、ひどい大雪があった。そう、このへんでも五〇糎《センチ》位は積った。そんな大雪がからりと晴れあがるや否《いな》や、鬱陶《うっとう》しく閉じこめられていた追分《おいわけ》の宿から、私はたまらなくなって飛び出して、膝《ひざ》まで入ってしまうような雪の中を、停車場まで歩いて、それから汽車に乗って、軽井沢に来たが、ここでも軽便を待つのがもどかしく、勝手知った道なので、近道をしようとして野原を突切ったのはいいが、茅《かや》なんかの埋まっているところは体が半分位雪の中に入りそうになったり、いきなり道傍《みちばた》から雉子が飛び立ったりして、何度も立往生せざるを得なかった。やっと別荘のちらほらとある釜の沢の方に出たら、道もよくなり、いましがた通ったらしい自動車の轍《わだち》さえ生ま生ましくついている。どこかの別荘に来た奴《やつ》のだなと思いながら、その轍を辿《たど》っていったら、やがて山にかかると、それが消え失《う》せ、その代りに男女の足跡らしいのが入り乱れてついているので、更にそれを追って行くと、釘《くぎ》づけになった数軒の別荘の間から、私の前に突然、緑と赤とに塗られた雛型《ひながた》のように美しい三階建のシャレエが見え出した。南おもては一面の硝子《ガラス》張《ば》りだが、それがおりからの日光を一ぱいに浴びながら内部の暖気のためにぼうっと曇り、その中から青々とした棕櫚《しゅろ》の鉢植《はちうえ》をさえ覗《のぞ》かせている。――近づいて標札を見ると、「Haus Sonnenschein」とある。ふん、こいつだなと思って、私はその家の前を何度も振り返りながら、素通りして、裏の山へ抜けようとしかけたが、頭上の大きな樅《もみ》の木からときおりどっと音を立てて雪が崩《くず》れ落ちてくるのに目が開けられないほどなので、又、引っ返してきた。その時ふいに、クリスマスに来たいと言ってきた阿比留信《あびるまこと》にこんなところに泊らせてやったら愉快がるだろうと気まぐれに思い立って、そのままずかずかと裏木戸から這入《はい》って、台所を覗いて見ると、ストオヴの側《そば》で白いエプロンをかけた日本人の若い娘が卓の上に水仙の花を惜しげもなく一ぱい散らかして、いくつかの花瓶《かびん》にそれを活《い》けていたが、私の意を伝えると、きのう主人夫婦も横浜から来たばかりで、何んでも、もうクリスマスには大ぜいお客があるように申しておりましたけれども、……まあ、中へおはいりになってお待ち下さい、と人懐《ひとなつ》こそうに私の方をまじまじと見ながら、そう言い置いて、奥へ引っ込んでいった。私はもうそんなことはどうだっていいんだと云ったような、ぼうっとするような気持で、好い匂《にお》いのするストオヴに頰《ほお》を赤くしながら、真白いエナメル塗りの台所の一隅に片寄せられてある、男と女の長靴から、さかんに湯気が立ちのぼっているのを見入っていた。……

二

いま、私の暮らしている追分ときた日には、村中で商いをしているのは、村はずれの居酒屋みたいなのと、煙草《たばこ》や駄菓子なんか売っているのと、たった二軒。——正月こっちへ来てから、無精を極《き》め込んで、一度も髭《ひげ》をあたらずにいたが、或日《あるひ》、ぶらりと軽井沢まで汽車に乗って理髪店に行った。軽井沢の町だって、いまは大抵の店は何処《どこ》かへ店ごとそっくり荷送されでもしそうな具合に、すっかり四方から荷箱同様の板を釘づけにされている。唯《ただ》二三軒、うす汚い雑貨店みたいのが、いまでも店を開いているが、そんな店先にもクレエヴンやペル・メルの罐《かん》が店《たな》ざらしになっているのは、さすがに軽井沢らしい。郵便局の横町にある理髪店に飛び込んで髭をあたって貰《もら》う。南を向いた店先には一ぱい日がさし込んでいる上に、ストオヴを自棄《やけ》に焚《た》いているので、苦しいくらい熱い。この店は夏場は五つか六つ鏡が並べてあった筈《はず》だが、いまはたった二個、——そうして他の鏡のあった場所は、何処かの別荘のお古らしい、バネの弛《ゆる》んでいそうなベッドが占領している。ここでこの親方は、客の来ない時は昼寝でもしているのだろう。——私の向っている凸凹《でこぼこ》のある鏡には、筋向うの、やっぱり釘づけにされた、そして横文字の看板だけをその上にさらし出している、肉屋と、支那《しな》人の洋服屋が映っている。おや、何だか見覚えのある奴が通るぞ。なあんだ、テニス・コオトの番人か。やあ、こんどは自動車が通る。毛唐の奴らが鮨《すし》づめになっていやあがる。ふふん、さてはハウス・ゾンネンシャインの連中だな。鏡の中に映らないが、自動車が何か引きずってゆく音がする。何だい？　と訊《き》いたら、橇《そり》ですよ、と親方は無雑作に答える。

それからいそいで理髪店を飛び出すと、きっとゴルフ場へでも行って橇で遊ぶのだろうと思って、そっちへ行ってみようと、まだ雪の大ぶ残っている町の裏側の「水車の道」へはいって聖パウロ・カトリック教会の前まで行きかけたけれど、道は悪し、なんだか面倒くさくなって、その筋向うの裏口からホテルに飛び込んで、お茶を飲まして貰う。勿論《もちろん》、客なんか一人もいない。そこで軽便の出るまで、ホテルの娘と無駄口をききながら、ストオヴに嚙《か》じりついていた。

追分の宿に帰ったら、思いがけず田部重治さんが来ていられた。越後《えちご》の湯沢とかへ兼常さんやなんかとスキイに行かれたお帰りだとか。皆と高崎で別れて、お一人だけわざわざこちらに寄られた由《よし》。――茶の間の大火燵《おおごたつ》の上で、鳥鍋《とりなべ》をつつきながら、誠ちゃん（宿の主人）も加わってよもやまの話。――田部さんは本当に追分がお好きらしい。ことにこんな風に一杯聞こし召されようものなら、誰に向っても、追分のいいことを繰返し繰返し語られる。僕なんぞはもういい加減耳に胼胝《たこ》が出来てもよさそうな筈だが、一向聞き倦《あ》きもせずに、にこにこしながら合槌《あいづち》を打っているのだから、これも不思議だ。

たかが浅間山の麓《ふもと》で、いくぶん徳川時代の古駅の俤《おもかげ》をそのまま止《とど》めているというよりほかに何んの変哲もない、こんな寥しい村が、一体何んでそんなにいいのだろう？と他の人が聞いていたら、思うかも知れない。

この間、辻村伊助《つじむらいすけ》の「スゥイス日記」を読んでいたら、リルケがその晩年を送りながら「ドゥイノ悲歌」を書いたシャトオ・ド・ミュゾオのある、ロオヌ河のほとりの、ラロンという村なんぞは、汽車で素通りしている。ああいう旅行者にとっては、取るに足りないような寒村が、かえって詩人にとっては仕事をよく実らせてくれるのかも知れないのである。

三

浅間山だけがすっかり雪雲に掩《おお》われ、その奥で一人で荒れているらしく、この山麓《さんろく》の村なんぞには、日が明るく射《さ》しながら、ちらちらと絶えず雪の舞っているようなことがある。そんな時なんぞ、どうかして不意にその雲の端が村の上にかかると、南に連った山々のあたりにはくっきりと青空が見えながら、村全体が翳《かげ》って、ひとしきり吹雪《ふぶ》く。と思うと、すぐ又、ぱあと日があたってくる。ここでは、そんなような空合いの日がかなり多い。

田部さんがリュックを背負って帰って行かれた七日の夕方も、そんな雪催《ゆきもよ》いだった。途中の落葉松林《からまつばやし》のはずれまでお見送りして、其処《そこ》から一人で帰ってきながら、私はこの村にこうして一人で気儘《きまま》に居られるのを幸福に思わなければならないのかな、と考えたが、それにはいささか、半信半疑だった。

それから二三日立ってから、去年の夏この村で知合になった英夫君が、正月になったら送ってくれと云って頼んで置いた空気銃を東京からわざわざ持って来てくれた。

翌日、一日じゅう二人で空気銃をもって森の中を駈歩《かけある》いた。森の中はまだ雪が相当深い。これは狐《きつね》の、これは兎《うさぎ》の、それからこれは雉子か山鳥かどっちかだ、と雪の上に印せられている色んな足跡を、この間教えられたばかりのをおぼつかなく思い出しながら、そんなことを言い合っている間にいきなり私達の行手から飛び立つ鳥どもの羽音に、空気銃を手にしていることなんぞちょっと思い出せない位に、びっくりしたりしている、即製の猟人たちの間抜けさ加減！　一日じゅうの獲物《えもの》といったら、たった頰白《ほおじろ》が一羽。……

その翌日、英夫君は二時の汽車で帰るというので、昼飯を早目にすませてから、お別れに村の西のはずれの、分去《わかされ》のところまでぶらっと散歩に行った。馬頭観音やなんかはまだ雪の中にしょんぼりとしている。二人でその傍《そば》に佇《たたず》んで、しばらく浅間山の方を眺めていると不意に思いがけなく私達の頭上を、一羽の青味を帯びた大きな鳥が翼を水平に拡《ひろ》げたまんま、すうと低目に飛び過ぎた。やあ、雉子だ、雉子だ、と私達が言い合う暇もないうちに、街道の向うの小さな松林の中に、突然よろめくようになって、その雉子は下りて行った。いそいで私達もその林の中へ躍《おど》り込んで見ると、もう飛ぶ力のなくなっているらしいその雉子は、難なく英夫君の手で生捕《いけど》りにされた。

何処も怪我《けが》はしていないようだが、大方鉄砲打ちに翼でもやられて、やっとここまで山の中から逃げて来たのかも知れない。雄だから、綺麗《きれい》な尻尾《しっぽ》をしていた。空気銃でも持って来ていたら、それで射とめたのだと宿に持ち帰って威張れようが、あいにく手ぶらなので、へんな恰好《かっこう》で、そのままそれをぶらさげて帰った。

英夫君に東京へお土産《みやげ》にしたまえと勧めたが、帰るのはもう一日延ばして、こっちでそれを皆と一緒に食べて行きたいと云って聞かなかった。

雉子はまだ辛《かろ》うじて生きている。それを不自然な殺し方はしたくないので、宿の老犬ジャックを連れて、裏の林へ行って、その雉子を放したら、昔猟犬だったジャックはその逃げようとする雉子を巧に追い廻しながら、要領よく嚙《か》み殺し、羽だらけになった口に銜《くわ》えたまま、それを私達のところへ持って来てくれた。

雉子は悪食《あくじき》だから、肉が臭いと聞いていたが、鍋にしてもそれほどいやな臭《にお》いはしなかった。が、なんだか少し無気味で、あんまりうまいとも思わなかった。

続雉子《きじ》日記

英夫君が帰京してから、こんどは私は一人で毎日のように空気銃を手にして、ジャックを連れては、殆《ほとん》ど二三日おきぐらいに降るのでますます雪の深くなった森の中を愉快そうに歩きまわっていたが、少しその度が過ぎたと見え、とうとう十日ほど前から風邪《かぜ》を引いて、いくじなく寝込んでいるていたらくである。枕《まくら》もとにはお義理のように横文字の本を堆高《うずたか》く積んであるが、見ているのは大抵例の「スゥイス日記」か、ベデカアのスゥイス案内書位なものである。

この前の日記に、私はリルケが晩年住まっていたシャトオ・ド・ミュゾオのある村をラロンと書いて済ましていたが、実はラロンはリルケの墓のある村の名で、同じヴァレェ州の同じロオヌの川沿いながら、ミュゾオのあるのはそれより少し下流に位している、シェルという小さな町から更に上方へ入った、葡萄畑《ぶどうばたけ》なんぞの真ん中らしい。そしてそのミュゾオもシャトオとはほんの名ばかり、むしろ十三世紀頃に出来た小さな塔のようなものであるらしい。

一九二一年の秋のことである。それまでスゥイス中を転々としながら、長い間中絶されている「ドゥイノ悲歌」を再び続けるべく、そのために外界と遮絶《しやぜつ》して、全く一人きりになっていられるような隠れ場所を捜しあぐねていたリルケは、遂《つい》に伊太利《イタリイ》との国境にもはや近いヴァレェ州にやって来て、その何処《どこ》かプロヴァンスや、また西班牙《スペイン》の或《ある》物をさえ思わせるような一帯の風物を一目見るや、此処《ここ》こそ自分の求めている場所と信じて、その町の一つのシェルに暫《しばら》く滞在し、附近を捜しまわったがそれも空《むな》しく、とうとうその町をも立ち去ろうとする間際《まぎわ》になって、偶然或る飾窓に売物に出ている一つの塔の写真を認めた。それは彼の或る友人の寝台の上の壁に以前から掛っていた絵の中の古い館《やかた》だった。そしてそれがミュゾオだったのである。それを彼はその同じ友人の世話によって漸《ようや》く手に入れることが出来た。

＊
＊＊

「恐ろしい山々の荒漠《こうばく》たる風物の中に全く孤立せる小さな館。……私はこれまでかかる孤独な存在、かかる沈黙との極度の親密を想像だに出来なかった。親愛なるリルケよ、あなたは純粋時間の中に閉じ籠《こも》っているように私に思えた……」と、その頃其処《そこ》を訪れたポオル・ヴァレリイは書いている。

翌年の二月である。十年前の、一九一二年ドゥイノにて着手せられ、一九一四年以来殆ど全く中絶していた「ドゥイノ悲歌」は遂にそのシャトオ・ド・ミュゾオにおいて完成せられた。しかもそれは僅《わず》か二三日で出来上ったのである。

それを書き上げた夜半、リルケはもうペンを握る力もない位に疲労しながら、眠る前にその出版者キッペンベルクにその完成を知らせてやった手紙には甚《はなは》だ人の心を打つものがあるが、その一節に曰《いわ》く、「……私は冷い月光の中に出て行きました。そして小さなミュゾオを大きな獣のように愛撫《あいぶ》してやりました……かかるものを私に授けてくれた、その古い壁を。それからまたあの破壊されたドゥイノをも。」（ドゥイノは大戦中に伊太利軍のために破壊された。）

それから数日と立たない裡《うち》に引続いて又、その支流とも云うべき小さな作品が殆ど求めずして出来た。「オルフォイスに捧《ささ》ぐるソネット」と呼ばれる五十余篇のソネットがそれである。

それまでもとかく健康のすぐれなかったリルケは、その仕事の過労のためにいよいよ健康を損ねてゆき、その後殆どそのミュゾオに居ついたまま、僅《わずか》な詩作と、二三の飜訳《ほんやく》をしたくらいで、遂に一九二六年十二月の末に死んで行った。死んだのは、しかし、その愛するミュゾオではなく、発病後強《し》いて移されたレマン湖畔のモントルウの療養所である。

病名は壊血症というものだそうだが、その病気の直接の原因になったと云《い》われる、いかにもリルケの最後らしい、美しい挿話《そうわ》を、私はつい最近読んだ。

＊＊＊

或る日、リルケはミュゾオを訪れることを予《あらかじ》め約束してあった一人の婦人を待っていた。その婦人は約束の時間よりやや遅れてやって来たが、それを待っている間、リルケはその客に与えようとして、庭に出て薔薇《ばら》を摘んだ。（ミュゾオの庭には、詩人が自分の手で百株ばかりの薔薇を植えていたのである。）その時その薔薇の棘《とげ》が彼の手を傷つけた。そしてその何でもなかったような小さな傷が次第に悪化して行って、遂に壊血症の原因になったと云うのである。「つねに女性の偉大さと薔薇の美しさとを説いていた詩人はかくして一女性のために摘んだ薔薇の一つに刺されて死んで行ったのである。その最後がいかに痛ましくあったとは云え、それはリルケがかれ独自の死を死すべく選んだものであった」とその話の筆者は云う。

そのミュゾオの館《やかた》の庭には、いまでも詩人の手植の薔薇が咲いているそうである。私が他日スゥイスにも行けるような身の上になれたら、何よりも先きに、そのミュゾオの館と、それから詩人の墓のあるラロンの村とを訪れることだろう。

が、それはいつのことやら……。私はそれよりか今は、本はとっくに買い込んで置きながら、まだ手をつけていない、そしてリルケ自身も「長い、時としては骨の折れる読書」と云うその「ドゥイノ悲歌」を何とかして克服せんことをこそ思うべきであろう。

雉子日記《きじ》ノオト

「雉子日記」のなかで、私は屢〻《しばしば》ミュゾオの館《やかた》のことを持ち出したが、それについて富士川英郎《ふじかわひでお》君から非常に興味のあるお手紙を頂戴《ちょうだい》した。「ミュゾオの館」というのは、御承知のようにリルケがその晩年を過ごした瑞西《スウイス》のヴァレェ州にある古い château のことである。その見もしない château のことなんぞを私はいろいろと知ったか振《ぶ》りをして書いてみたのであるが、富士川君の注意によって、二三此処《ここ》に訂正して置きたいと思うのである。

先《ま》ず、その château du Muzot の読み方である。私はそれを普通にシャトオ・ド・ミュゾオと発音していた。ところが富士川君の注意によると、リルケ自らが一九二一年七月二十五日にマリイ・フォン・トウルン・ウント・タクジス・ホオエンロオエ夫人に宛《あ》てた手紙のなかにそれを Muzotte と発音してくれと書いてあるのだそうである。恐らくそれがその地方特有の呼び方なのであろう。勿論《もちろん》、Muzotte は富士川君も言われるように、仏蘭西《フランス》式にミュゾットと発音するのだろう。従って私の用いていた「ミュゾオの館」は「ミュゾットの館」と訂正されなければならない。

以上はその館のほんの名称のことだが、富士川君はその名称のことから更に、その前述の手紙の中でリルケがいろいろとその館の構造や由来について詳しく語っている由《よし》、まだその手紙を見ていない私に懇切に書いてきてくれたのである。――それによって私はもう一つ訂正して置いた方がいいと思う箇処を発見したが、私はその詩人の愛していた古い館をただ漠然《ばくぜん》と十三世紀頃のものと書いていたが、その頃から残っているのはその建物の根幹だけで、それから何度も建て直され、現存している天井や家具の多くは十七世紀頃のものらしい。それからリルケがその館のさまざまな歴史を書いているうちに、こんな話があるそうである。

十六世紀の初め頃に、その館に Isabelle de Chevron という娘が住まっていた。その娘は Jean de Montheys という男と結婚した。が、それから一年立つか立たぬうちに、マリニャンの戦が起り、その夫はそれにはかなく戦死してしまった。若い寡《か》婦《ふ》になったイザベルは再びミュゾットの館に引き取られた。やがてそのうちに彼女の前に二人の求婚者が現われた。そしてその二人は決闘して、お互に刺し合って二人とも死んでしまった。その夫の戦死には耐えることの出来たイザベルも、それには耐え得ずして遂《つい》に発狂してしまったのであった。そして夜毎《よごと》にミイエジュにある二人の求婚者の墓まで、薄い衣をまとったまま彼女はさまよって行くのだった。そして或《あ》る冬の夜、彼女はその墓場に息絶えていた……

リルケは死ぬとき遺言して、そのイザベル・ド・シュヴロンの眠りを妨げてはいけないから、ミュゾットの近くのその墓地には自分を葬《ほうむ》らないようにして貰《もら》いたいと言ったといわれる。……リルケの墓のあるラロンが、もう殆《ほとん》どシンプロンにも近い位、ずっとロオヌの谷を遡《さかのぼ》ったところにあることは、私が前にも書いたとおりである。その墓の写真が、去年の「インゼルシッフ」のクリスマス号に載っていたそうだが、それもまだ私は見る機会を得ていないのである。

フローラとフォーナ

プルウストは花を描くことが好きらしい。

彼の小説の中心地であるとさえ言われているコンブレエという田舎《いなか》などは、まるで花で埋まっているように描かれている。山査子《さんざし》だとか、リラだとか、睡蓮《すいれん》だとか……

第二部の「花さける少女の影に」になると、その表題からして作者の花好きらしいことが偲《しの》ばれる。ことに子供の時分に、一晩中、ランプの下で、林檎《りんご》の一枝を手にしてその白い花を飽かず見つめているうちに、だんだん夜が明けてきてその光線の具合でその白い花が薔薇色《ばらいろ》を帯びてくるところを書いた一節などは、なかなか印象が深い。「ソドムとゴモル」の中には、一少女がジェラニウムのように笑うところが描かれている。

この間、或《あ》る友人に送って貰《もら》ったクルチウスの「プルウスト」を見ていたら、こんなことが書いてあった。「社会を描く作家を二種に分けてもいい。即《すなわ》ちそれを *fauna* として見て行こうとするものと *flora* として見て行こうとするものと。」——そしてクルチウスはプルウストを後者に入れて論じている。

ずっと前に読んだベケットの本にも同じようなことが書いてあったのを覚えている。

つまり、そう云《い》う批評家によると、プルウストは人間を植物に同化させる。人間を植物《フローラ》として見る。決して動物《フォーナ》として見ない。（プルウストの小説には決して黒猫も、忠実な犬も出てこない。花には意識的な意志なんと云うものがない。そして羞恥《しゅうち》がなくて、その生殖器を露出させている。）プルウストの小説中の人物も、丁度それと同じである。彼等には、盲目的な意志しかない。自意識なんて云うものをてんで持ち合わしていない。人生に対してあくまで受身な態度をとっている。だから道徳的価値なんか問題にならない。善悪の区別をつけようがない。プルウストはそう云うものとして人間を見ている。同性愛も、彼にとっては、決して悪徳にはならない。かの「ソドムとゴモル」たちは *Primula veris* だとか *Lythrum salicoria* のような受精作用をするものとして説明がなされる。――まあ、そう云うことをクルチウスも、ベケットも書いているのである。

　僕のいま滞在している田舎も、そのコンブレエと同じくらい花だらけだ。六月の初めこちらへ来たばかりのときは、何処《どこ》へ行っても野生の躑躅《つつじ》が咲いていたり、うすぐらい林の中を歩いていると、他の木にからまって藤《ふじ》の花が思いがけないところから垂《た》れていたりした。そのうち小川に沿うてアカシアが咲き出した。その時分は雨ばかり降っていたものだから、もうあの花も散ったかしらと思って、それをしばらく見に行かないことを気にしていたが、とうとう或る日、雨を冒してその小川のほとりまで行ってみた。だいぶ散っていた。が、そんなところを通るものは誰もいないとみえて、濡《ぬ》れてしっとりとした火山灰質の小径《こみち》の上にところどころ掃きよせられたように鮮やかに、すこし紫色を帯びながら一塊《ひとかたま》りになってアカシアの花は落ちていたが、なんだかそこを歩くとぞっとするくらいだった。

帰り途《みち》、いつまでも自分のまわりがいい匂《におい》がしているので、始めて気がついて見ると、僕の蝙蝠傘《こうもりがさ》には、それで木の枝をこすったとみえて、一面に花がくっついているし、僕の靴は靴で、その底が花だらけになっていた。

日曜日の晴れた朝、教会の前を通ったら、その前の広場に僕が名前を知らない木が二三本あってそれが花ざかりだった。そしてその花がぽたりぽたりとひとりでに散っている下で、村の子供たちのボオル遊びをやっているのが、そう、絵ハガキさながらであった。

しばらく僕は立止ってそれを見ていたが、そのうち男の子の一人がするするとその木に登った。すると木の下から他の子供が叫んだ。

「嗅《か》いでみなア……いい匂がするぜ……」

木の上の子供は手をのばして、花を捥《むし》りとって、それを言われたとおりに嗅いでみせた。

「ウエッ、臭《くせ》え……」

そう言ってその花を木の下の子供の方へ投げつけた。僕はその白い花がどんな匂がするのか知らないが、それがいかにも臭そうだったので、その花を手にとって見ようとはしなかった。

僕は散歩の途中に見知らない花が咲いていると、一枝折ってきては宿屋の主人にその名前を訊《き》くようにしていたが、どれを見せても、宿屋の主人は「それもウツギの一種です」と言うものだから、しまいには、可《い》い加減のことばかり言うのだろうと思って、もう訊かないことにした。そうして東京から「原色高山植物」というものを取りよせて、それで調べてみたが、僕が宿屋の主人に見せた花はやはりいずれもウツギの一種だったのでびっくりした。もっとも、ベニウツギだとか、バイカウツギだとか、さまざまな特有の名前がついてはいたが……。

僕はそんな風に花のことはちっとも知らない。しかし花好きでもあるし、小説の中で花を描くことも好きだ。僕なんかも *flora* 組かも知れない。

木の十字架

「こちらで冬を過ごすのは、この土地のものではない私共には、なかなか難儀ですが、この御堂が本当に好きですので、こうして雪の深いなかに一人でそのお守りをしているのもなかなか愉《たの》しい気もちがいたします。……」

この雪に埋まった高原にある小さな教会の管理をしている、童顔の、律儀《りちぎ》そうなHさんはそんな事を私に言ったが、こういうごく普通の信者に過ぎないような人にとっても、こちらで他所者《よそもの》として冬を過ごしているうちには、やはりそういうロマネスクな気もちにもなるとみえる。

その教会というのは、――信州軽井沢にある、聖パウロ・カトリック教会。いまから五年前（一九三五年）に、チェッコスロヴァキアの建築家アントニン・レイモンド氏が設計して建立《こんりゅう》したもの。簡素な木造の、何処《どこ》か瑞西《スウィス》の寒村にでもありそうな、朴訥《ぼくとつ》な美しさに富んだ、何んともいえず好い感じのする建物である。カトリック建築の様式というものを私はよく知らないけれども、その特色らしく、屋根などの線という線がそれぞれに鋭い角をなして天を目ざしている。それらが一つになっていかにもすっきりとした印象を建物全体に与えているのでもあろうか。――町の裏側の、水車のある道に沿うて、その聖パウロ教会は立っている。小さな落葉松林《からまつばやし》を背負いながら、夕日なんぞに赫《かがや》いている木の十字架が、町の方からその水車の道へはいりかけると、すぐ、五六軒の、ごみごみした、薄汚い民家の間から見えてくるのも、いかにも村の教会らしく、その感じもいいのである。

私はその隣村（追分《おいわけ》）で二年ばかり続けて、一人っきりで冬を過ごしたことがあるが、ときどきどうにも為様《しよう》のないような気もちになると、よく雪なんぞのなかを汽車に乗って、軽井沢まで来た。軽井沢も冬じゅう人気のないことは同様だが、それでも、いつも二三人は外人の患者のいるらしいサナトリウムのあたりまで来ると、何んとなく人気が漂っていて、万物蕭条《しょうじょう》とした中に煖炉《だんろ》の烟《けむり》らしいものの立ち昇っているのなんぞを遠くから見ただけでも、何か心のなぐさまるのを感じた。そんな村のあちこちを、道傍《みちばた》から雉子《きじ》などを何度も飛び立たせながら、抜け道をしいしい、淋《さび》しいメエン・ストリィトまで出て、それからこんどは水車の道にはいると、私はいつもながいこと聖パウロ教会の前に佇《たたず》んで、その美しい尖塔《せんとう》を眺《なが》め、見入り、そして自分の心の充《み》たされてくるまでそれに愛撫《あいぶ》せられていた……

そういう時なんぞ、私は屢〻《しばしば》、その頃愛読していたモオリアックの「焔《ほのお》の流れ」という小説の結末に出てくるそのかわいそうな女主人公の住んでいる、フランスの或《ある》静かな村の古い教会のことなぞを胸に泛《うか》べたりしていた。――以前その女の身を誤らせたことのある青年が巴里《パリ》からはるばるとその村までその女に逢《あ》いに来る。彼はその若い女を偶然村の教会のなかに見出《みいだ》す。彼女は丁度聖体を拝受しようとしているところである。青年はそういう打って変ったような女の姿を見ると、もう彼女に話しかけようともせず、又自分を彼女に気づかせようともしない。彼は聖水を戴《いただ》いて、虔《つつ》ましく十字を切り、そのまま教会を出ていってしまうのである。……

そういうモオリアック好みの小説の場面を、私は自分の目の前の空虚な教会の内側にいましも起りつつあるかのように想像を逞《たくま》しくしたりしながら、いつまでもうつけたように教会の木柵《もくさく》にもたれかかっているようなことさえあった。

そんな或日《あるひ》の事（二月の末だった……）、私はひょっくり出先きから戻ってきた其《そ》処《こ》のHさんという管理人と二こと三こと口を利《き》き合い、そのまましばらく教会の側面の日あたりのいい石の上で、立ち話をしあっていた。丁度私達の傍《かたわ》らに立っている聖パウロの小さな、彩色した彫像は、彫刻の上手《じょうず》なレイモンド夫人がみずから制作したものだという事を私の教わったのも、そのときの事だった。そして別れぎわになってから、そのHさんがこう言ったのである。

「……この御堂が本当に好きですので、こうして雪の深いなかに一人でそのお守りをしているのもなかなか愉《たの》しい気もちがいたします。……」

＊＊＊

「あなたが自分のまわりに孤独をおいた日々はどんなに美しかったか、僕はそれを羨《うらや》むことでいまを築いているといったっていいくらいです……」と、そんな事を若い詩人の立原道造が盛岡への一人旅から私達のところに書いてよこしたのは、彼が亡《な》くなる前年（一九三八年）の秋だった。――そのときはもう私はそのような孤独ではなく、その春さりげなく結婚をして、しかしその年もやはり軽井沢の山中で秋深くなるまで暮らしつづけていた。が、今年はどうも私の身体が変調なので、そろそろこんな山暮らしを切り上げようかと考えていた矢先きだった。――立原も立原で、その夏まえからだいぶ健康を害して、一年ほど前から勤め出していた建築事務所の方もとかく休みがちらしかった。そうしてなかば静養を口実に、好きな旅にばかり出ているようだったが、夏のさなかの或日なんぞ、新しく出来た愛人を携えて、漂然と軽井沢に立ち現われたりした。そう云《い》えば、あのときなんぞ彼の弱っていた身体には、私達の山の家まで昇ってくる道がよほど応《こた》えたと見え、最初は口もろくろく利けずに、三十分ばかりヴェランダに横になったきりでいた、息苦しそうな彼の姿がいまでも目に浮ぶ。

――私と妻とはときどきそんな立原がさまざまな旅先から送ってよこす愉《たの》しそうな絵《え》端書《はがき》などを受取る度毎《たびごと》に、何かと彼の噂《うわさ》をしあいながら、結婚までしようと思いつめている可憐《かれん》な愛人がせっかく出来たのに、その愛人をおおく東京に残して、そうやって一人で旅をつづけているなんて、いかにも立原らしいやり方だなぞと話し合っていた。――「恋しつつ、しかも恋人から別離して、それに身を震わせつつ堪《た》える」ことを既に決意している、リルケイアンとしての彼の真面目《しんめんもく》をそこに私は好んで見ようとしていたのであった。

その立原は、しかし、その春の末私達が結婚しようとしていたときは、まだなかなか元気で、病後の私のために何かと一人で面倒を見てくれたのだった。そうして結婚するや否《いな》や、誰にも知らさずに、すぐ軽井沢に立ってきた私達に、次ぎのような手紙を添えて、私達にささやかな贈り物をしてくれた。――「御結婚のおよろこびを申し上げます。お祝いのしるしにフランスの『木の十字架』教会の少年たちのうたった聖歌をお贈りいたします。美しい村でおくらしになる日、森のなかの草舎でこの歌がかれる初夏、花々のことなど、一切のきょうのあわれに美しい僕の夢想を花束に編んで、それに添えた心持でお贈りいたします。それからもうひとつのは、去年の秋の奇妙な出来事が僕にえらばせた歌なのですが、これはお祝いのしるしというのではなしに、ただ、あの不意に家のなくなってしまった日のかたみのために、高原の村ぐらしのなかにお持ちになっていただきたかったのでございます。沢山の幸福とよろこびと潤沢な日日とを恵まれますように。道造」——その贈り物というのは二枚のレコオドで、その一つはフランス旧教会ラ・クロア・ド・ボア教会小聖歌隊の合唱したヴィットリアの「アヴェ・マリア」とパレストリイナの「贖主《あがないぬし》の聖母よ」。もう一つはクロオド・パスカルという少年歌手の独唱したドビュッシイの晩年の歌曲「もう家もない子等のクリスマス」。——文中の去年の秋の出来事というのは、私や立原なんぞが一しょに暮らしていた追分の脇本陣《わきほんじん》（油屋）が火事になって二人とも着のみ着のままに焼け出された出来事のことである。——私達はその贈り物をよろこんで受けて、わざわざ山の家まで携えてきたが、小さなポォタブル位はなんとか手に入れて持ってくる筈《はず》だったのがうまく行かなくて、只《ただ》、その贈り物は机の上に飾っておいた。とうとうその山の家ではそれを一度も聴《き》く機会が得られなかった。……

その私達の山の家へは、五月の半ば頃、立原はその新しい愛人とはじめての旅行を軽井沢に試みたときに既に訪れたことがあったのだそうだ。丁度、私の父が急病になって私達が東京に帰っていた間のことらしい。立原たちは、私達が留守でも構わずに、その山の家のヴェランダで三時間ばかり昼寝をしたり遊んだりしていたのだなどと、夏、又二人でやって来たとき私達にはじめて打ち明けて言うのだった。

「ほら、あそこにそのとき僕が楽書《らくがき》をした跡がある……」

そう云って、物憂《ものう》そうに椅子《いす》に首をもたせたまま、疲れた一羽の鳥のような、大きなぎょろっとした目で彼が見上げている方を私もふりむいて見ると、ヴェランダの壁の上の方の、誰の手も届きそうもないところに、なるほど彼らしい手跡で、

Wenn ich wäre ein Vogel!

と、青い鉛筆で楽書のしてあるのに私はそのとき漸《よう》やっと気がついた。

***

私達が結婚祝いに立原から貰《もら》ったクロア・ド・ボア教会の少年達の歌やドビュッシイの歌のレコオドをはじめて聴いたのは、その翌年の春さきに、なんだかまるで夢みたいに彼が死んでいってしまった後からだった。私達はそのレコオドを友人の家へ携えていって、それをはじめて聴いたのである。

それから、その夏（去年）軽井沢へ往《い》ったときは漸く宿望の蓄音機をもっていけたので、私の好きなショパンの「前奏曲」やセザアル・フランクの「ソナタ」なんぞの間にときどきその二枚の小さなレコオドをかけては、とうとうこれがあいつの形見に

なってしまったのかと思うようになった。私はその二つの曲の中では、ドビュッシイの近代的な歌よりも、寧《むし》ろイタリアの古拙な聖歌の方を好んだ。それらのゴブラン織のような合唱の中を、風のように去来する可憐なボオイ・ソプラノはなんとも云えず美しいものだった。

その夏、軽井沢では、急に切迫しだしたように見える欧羅巴《ヨーロッパ》の危機のために、こんな山中に避暑に来ている外人たちの上にも何か只ならぬ気配が感ぜられ出していた。日曜日の弥撒《ミサ》に、ドイツ人もフランス人も、イタリイ人も、それからまたポオランド人、スペイン人などまで一しょくたに集ってくる、旧教の聖パウロ教会なんぞは、そんな勤行《ごんぎょう》をしている間、その前をちょっと素通りしただけでも、冬なんぞの閑寂さとは打って変って、何か呼吸《いき》づまりそうなまでに緊張した思いのされる程だった。前年の夏あたりは、屢〻、その教会の中から聖母を讃《たた》える甘美な男女の合唱が洩《も》れてきて、それが通行人の足を思わず立ち止まらせたりしたものだったが、今年の夏はどういうものか、低いオルガンの音のほかには、聖楽らしいものは何んにも聞えて来ないのだった。

この頃朝の散歩のときなど、その教会の前を通りかかる度毎に、私はその中があんまり物静かで、しかも絶えず何物かの囁《ささや》きに充たされているようなので、いつか聞覚えてしまったヴィットリアの「アヴェ・マリア」の一節などを、ふいとそれがさもその教会の中から聞えてきつつあるかのように自分の裡《うち》に蘇《よみがえ》らせたりするのだった……

＊＊＊

八月の末になってから、その夏じゅう追分で暮らしていた津村信夫君が、きのう追分に来たという神保光太郎君と連れ立って、他に二三人の学生同伴で、日曜日の朝、ひょっくり軽井沢に現われ、その教会の弥撒に参列しないかと私を誘いに来てくれたので、私も一しょについて行った。冬、一度その教会の人けのない弥撒に行ったことがあるきりで、夏の正式の弥撒はまだ私は全然知らなかった。

みんなで教会の前まで行くと、既に弥撒ははじまっていて、その柵のそとには伊太利《イタリイ》大使館や諾威《ノルウエイ》公使館の立派な自動車などが横づけになり、又、柵のなかには何台となく自転車が立てかけられていた。私達はその柵の中へはいろうとしかけながら、誰からともなしに少し躊躇《ためら》い出していた。そうして三人でちょっと顔を見合わせて、困ったような薄笑いをうかべた。丁度、そんな時だった、私達の背後からベルを鳴らしながら、二人の金髪の少女が自転車でついと私達を追い越すやいなや、柵の入口のところへめいめいの自転車を乗り捨てて、二人ともお下げに結った髪の先をぴよんぴょん跳《は》ねらしながら、いそいで教会の中へ姿を消した。

私達はその姉妹らしい少女らの乗り捨てていった自転車の尻《しり》に、両方とも「ポオランド公使館」という鑑札のついているのを認めた。それは丁度、ドイツがポオランドに対して宣戦を布告した、その翌日だった。私達は立ち止まったまま、もう一度顔を見合わせた。

私達は、おそらくきょうこの教会に集ってきている人達は、それぞれの祖国の危急をおもって悲痛な心を抱《いだ》いているものばかりであろうのに、そんな中へ心なしにも数人でどやどやとはいって行くのが少々気がひけて来たのだった。が、それだけにまた一層、いましがたそういう人達の中に雑《ま》じっていった二人のポオランドの少女が私達の心をいたく惹《ひ》いた。私達はこんども誰からともなく思いきったように教会のなかへはいって行った。そうしてめいめい他の人達のように十字は切らないで、一人ずつ、内陣の方へ向って丁寧に頭を下げながら、まだすこし空《あ》いていた、うしろの方の藁椅《わらい》子《す》の上に順々に腰を下ろした。

一番うしろの藁椅子を占めた私は、しばらく黙禱《もくとう》の真似《まね》のような事をしていたが、やがて目を上げて、さっきの二人の少女の姿を会衆のうちに捜し出した。すぐ彼女たちの可愛《かわい》らしいお下げ髪が目に止まった。彼女たちは一番前列に、面帕《おもわ》をかぶった母親らしい中年の婦人の傍《そば》に、跪《ひざまず》きながら無邪気に掌《て》を合わせてお祈りをしていた。

私はそういうお下げ髪の少女たちの後姿にいつまでも目をそそいでいたが、そのうち何気なく、立原の形見の一つである、パスカル少年のうたったドビュッシイの歌なぞを胸に浮ばせていた。それはドビュッシイが晩年病牀《びょうしょう》にあって、無謀なドイツ軍のベルギイ侵入の事を聞き、家も学校も教会もみんな焼かれてしまった可哀《かわい》そうな子供たちのために、彼等の迎えるであろう侘《わ》びしいクリスマスを思って、作曲したものだった。

Noël ! petit Noël ! n'allez pas chez eux,
N'allez plus jamais chez eux, punissez-les !

（クリスマスよ、クリスマスよ、どうぞ彼等のところへは行かないで。
もう決して行かないで。そうして彼等を懲《こ》らしてやっておくれ。）

いま、そうやっていたいけな様子でお祈りを続けているそのポオランドの少女たちが、ふいと立ち上がるなり、いまにもそんな悲しい叫びを発しそうな気がする。そう、この歌のレコオドはまあ何んという偶然の運命から私の手もとに今あるのだろう。ちょっとその少女たちを私の家に連れていってそれを聴かせてやったら、まあ、彼女たちはどんなに目を赫《かがや》かす事だろう……と、そんな事を考えているうちに、ふいと眼頭《めがしら》の熱くなりそうになった目をいそいで脇《わき》へ転じると、其処では、何か考え深そうな面持ちをしているドイツ人らしい両親の間に挟《はさ》まれた、まだ幼い、いかにも腕白者らしい子供が、彼から少し離れた席にいる同じような年頃の、しかし髪なぞをもう綺麗《きれい》に分けている子供に向って、しきりに顔つきや手真似でからかいかけているのなどがひょいと目に映ったりした。私のすぐ前に並んで腰かけている津村君と神保君は、私のように行儀悪くしないで、じっとさっきから神妙に頭を下げつづけているらしかった。

弥撒が了《おわ》って、なんだか亢奮《こうふん》しているような顔のおおい外人達の間に雑《ま》ざりながら、その教会から出てきた時は、私達もさすがに少しばかり変な気もちになっていた。私達は、教会のまわりにあちらこちらと一塊《ひとかたま》りになって立ち話をしだしている外人達からずんずん離れて、まだ教会の中に残っているらしいポオランドの少女たちの事を気づかいながら、しかししばらくは黙ったまんまで歩いていた。それは何か一しょに好《よ》いものを見てきたあとで、いつも気の合った友人達の上に拡《ひろ》がる、あの共通の快い沈黙であった。

これから森のなかの私の家へ寄ってお茶でも飲もう、——そういう事に決めてからも、私達はとかく沈黙がちに林道の方へ歩いて行った。こうやって津村君、神保君、それから僕、野村少年と、みんな揃《そろ》っているのに、当然そこにいていい筈の立原道造だけのいない事が、だんだん私にはどうにも不思議に思えてきてならなかった。そう云えば、なんだか私ははじめて彼が私達の間にいないのに気がつき出したかのようだった。……

伊《い》勢《せ》物語など

——いかに古典を読むかとの問に答えて——

今夜、伊勢物語を披《ひら》いておりました。そのうちふいと御誌からのお訊《たず》ねを思い出しましたので、とりあえずペンを取って、只今《ただいま》、考えておるがままに書いてみることにします。

僕がこのペンを取るまで、気もちよく読みふけっていた伊勢物語の一段はこういうのです。短いものなので、全部引用してみましょう。

むかし、男ありけり、人の娘のかしづく、いかでこの男にものいはむと思ひけり。うち出《い》でむこと難くやありけむ、もの病《やみ》になりて死ぬべき時に、かくこそ思ひしかといひけるを、親《おや》聞きつけて、泣く泣く告げたりければ、まどひ来《き》たりけれど、死にければ、つれづれとこもりをりけり。時は六月《みなつき》のつごもり、いと暑きころほひに、宵はあそびをりて、夜ふけてややすずしき風吹きけり。螢《ほたる》たかくとびあがる。この男、見ふせりて、

とぶ螢雲の上までいぬべくは秋風ふくと雁《かり》につげこせ

くれがたき夏の日くらしながむればその事となくものぞかなしき

こういう一段を読んでおりますと、何かレクイエム的な、――もの憂《う》いような、それでいて何となく心をしめつけてくるようなものでいつか胸は一ぱいになっております。「宵はあそびをりて」――自分ゆえに死んでいった女の棺の前で、男はその魂を鎮《しず》めるために音楽などをしてその宵を過ごしていた。「夜ふけてややすずしき風吹きけり。螢たかくとびあがる。」もうなすわざをやめて、横になっていた男は、その螢に向って、死者の魂をもう一度戻すように「雁につげよ」と乞《こ》うような気もちになる。昔は、雁にかぎらず、鳥はすべて魂を運ぶものと考えられていたからである。――その次ぎの歌は、それと同じ夜に歌ったものではなく、それから数日というもの、ずっと喪にこもっていた男が或《ある》夕ぐれなどにふと歌ったものでありましょう。「その事となくものぞかなしき」――別に自分がしたしく逢《あ》っていた女と死別したのではない。だから、その事と思い出して悲しむ節はないけれど、自分ゆえ死んだのだという事を考えるといかにも不便《ふびん》な気がして、長い日ねもす思いつづけて男はもの悲しそうになる。――そのうつけたような男のおもわず洩《も》らす息までが手にとるように聞えてくるような一段であります。

この一段は、古註《こちゅう》によりますと、万葉集巻十六の車持《くらもち》氏の娘子の恋二夫君一歌を採って換骨脱胎して一篇の物語としたのであろうと言われております。ついでに、その万葉集の歌というのも引用して見ましょうか。

夫君《せのきみ》に恋ふる歌一首幷《ならび》に短歌

さにづらふ　君が御言《みこと》と　玉梓《たまづさ》の　使も来ねば　思ひやむ　わが身一つぞ　ちはやぶる　神にもな負《おほ》せ　卜部坐《うらべま》せ　亀《かめ》もな焼きそ　恋《こほ》しくに　いたきわが身ぞ　いちじろく　身にしみとほり　むらぎもの　心くだけて　死なむ命　俄《には》かになりぬ　いまさらに　君か我《あ》をよぶ　たらちねの　母の命《みこと》か　百足《ももた》らず　八十《やそ》の衢《ちまた》に　夕占《ゆふげ》にも　卜《うら》にもぞ問ふ　死ぬべき我がゆゑ

反歌

我命《わぎのち》は惜しけくもあらずさにづらふ君によりてぞ長く欲《ほ》りせし
卜部《うらべ》をも八十《やそ》の衢《ちまた》も占問《うらと》へど君をあひ見むたどきしらずも

左註によりますと、車持氏の娘が、ひさしく夫が通わないために、恋い焦《こが》れてその果は病気になり、いよいよ臨終という際に、使をやって夫を呼びよせたが、夫の顔を見ると、泣きながらこの歌をくちずさんで、すぐに息を引きとった、と云《い》うことになっています。

「恋《こほ》しくに痛きわが身ぞ。いちじろく身にしみとほり、むらぎもの心くだけて、死なむ命、俄かになりぬ……」と自分の運命の拙《つた》なさを歎《なげ》きながら、「いまさらに君か我を呼ぶ。……死ぬべき我がゆゑ」と一種の諦念《ていねん》に達している。伊勢物語では、男の方の気もちを主として書いているが、万葉集の方ではどこまでも女の方の気もちを主としている。そういう殆《ほとん》ど死なんとしている女にこれだけの骨を折った歌なんぞは到底詠《よ》めそうもないことだと思えるのだけれど、これをそういう哀れな女みずからの詠《えい》としてどこまでも読者に味わしめずにはおかない。その方が直截《ちょくせつ》に人の心に響くからである。だが、ひょっとしたらこれはその不幸な若い女の死を哭《こく》し、その魂を鎮めるために近親の者がその女の心もちになって代って詠んだものかとも考えられる。そうやって、その死を哭し、魂を鎮めるためにはあくまでもその死者の心と一つになりきらずにはおられぬところに万葉びとの万葉びとらしいところがあったのではないか。それが伊勢物語の頃までくると、同様に哀れな女の死に対する人々の態度もそんなには慟哭《どうこく》的でなく、同情的ではあるが、だんだん情緒的なものになって来つつあるのが、この二つの例でもわかるのであります。

午前、僕はリルケの「ドゥイノ悲歌」の一節を読んでおりました。(これは最近芳《は》賀《が》檀《まゆみ》君が非常に骨を折られて全部訳出せられました。——しかし此処《ここ》には、便宜上、その一節の大意を拙訳いたして置きます。）

夭折《ようせつ》した者たちは、もう私達を必要としないのだ。
彼等は徐《しず》かに地上の事物から離れてゆく、丁度
母から乳離《ちばな》れてゆくように。しかし
屢〻《しばしば》歎《なげか》いというわざによって倖《しあわ》せな進歩を遂げて来た、
いつも大いなる神秘を必要とする、私達の方こそ、
それらの夭折者たちなしには生存し得ないのではないか、
昔、リノスの夭折のための慟哭が、
凍えついたような虚無を貫いて、
はじめて音楽となったという、かの伝説は空《むな》しいものであろうか。

（第一の悲歌）

リルケがその畢生《ひっせい》の大作「ドゥイノ悲歌」を歌いはじめるにあたって、先《ま》ず胸中に絶えずおもっていたことの一つは、音楽の始原は美青年リノスの突如とした死に対す

る人々の慟哭にあったとする希臘《ギリシア》人たちの考えと等しく、詩歌《しいか》の発生もまたあらゆる神に似た夭折者たちを哭し、その魂を鎮めんがためであったという考えではなかったでありましょうか。唯《ただ》、そのような希臘人たち乃至《ないし》リルケの考え方が私達の素朴な祖先たちのそれとやや趣を異にするのは、そうやって愛する者の突如の喪失によって其《そ》処《こ》に生じた空虚がはげしく震動し、それが遂《つい》に一つの旋律に変じてわれわれの恍惚《こうこつ》となり、慰撫《いぶ》となり、救済となったという、いかにも自らを基準とした、彼等の西洋流な受け入れかたであります。私達の祖先らは、人の魂というものをどこまでも外在的なものと素朴に考えておったようであります。それゆえ、それが結局は自分の慰めとなり、救いともなることを少しも思わずに、唯、死んだ相手の魂を鎮めることのみをひたすら考えていたものと見えます。

そういういくぶんの相違はあるようでありますが、少くとも詩歌とか音楽とかの源泉についての考え方が、おのずから東西軌を一つにしているらしいことは、只今の僕には大へん有難い発見であるといわなければなりません。

前述の伊勢物語の一段、及びそれと関聯《かんれん》した万葉集の歌一首のことを語っているうちに、いつのまにかこういうリルケ詩中の希臘の伝説にまで及びましたが、かかる考えの推移は僕には殆ど偶然でありました。このリノスの伝説にもっと近いものを求めようとしたら、或《あるい》は古事記あたりに発見せられたでもありましょう。しかし、いますぐ僕には思いつきませんし、それを調べてみるいとまも今はないので、これで御免を蒙《こうむ》っておきますが、僕がこれまでこうして書いて来たのは、そういう東西の詩歌の源泉についての考えの類似にただ興味を抱《いだ》いたからばかりではありません。

ただ、或はこういう日本の古い歌物語だの、或はこういう西洋の輓近《ばんきん》の詩だのを前にしながら、文学というものの本来のすがたを屢〻見なおしてみたりする事は、あまりに複雑多岐になっている今日の文学の真只中《まっただなか》に身を置いている自分のごときものにとっては、時として、大いに必要なことではないかと考えているからに他《ほか》なりません。少くとも、僕はそういう古代の素朴な文学を発生せしめ、しかも同時に近代の最も厳粛な文学作品の底にも一条の地下水となって流れているところの、人々に魂の静安をもたらす、何かレクイエム的な、心にしみ入るようなものが、一切のよき文学の底には厳としてあるべきだと信じております。考えついたままに、順序もなく書いて参ったので、甚《はなは》だ意に充《み》たず、又、御質問の趣にも添わないものになってしまいましたが、取り敢《あ》えずお答えまで。

追記　折口先生の説によると、叙景歌というものは、先ず最初、旅中鎮魂の作であった。昔、男が旅に出るとき、別れにあたって、女が自分の魂の半分を分割して与える。又、男も自分の魂の半分を分離してわが家に留《とど》めるものと人々に信ぜられていた。旅中、その妻の魂を鎮めてしずかに自分に落ち着かせるようにと、男はその日に見た旅の景色などを夜毎《よごと》に詠んだのである。そういう歌がだんだん万葉の中頃から独立して、純粋な叙景そのものの歌となっていった。しかし、すべての日本の叙景歌の中にはそういう初期のレクイエム的要素がほのかに痕《あと》を止《とど》めているのである。――そのようにわが国に於《お》ける叙景歌の発生を説かれる折口先生の創見に富んだ説は何んと詩的なものでありましょう。僕はこの頃折口先生の説かれるこういう古い日本人の詩的な生活を知り、何よりも難有《ありがた》い気がいたしている者であることを、この際一言して置きたいと思います。

姨捨記
おば すて き

「更級日記《さらしなにつき》」は私の少年の日からの愛読書であった。いまだ夢多くして、異国の文学にのみ心を奪われておったその頃の私に、或日《ある》この古い押し花のにおいのするような奥ゆかしい日記の話をしてくだすったのは松村みね子さんであった。おそらくその頃の私に忘れられがちな古い日本の女の姿をも見失なわしめまいとなすっての事であったかも知れない。私は聞きわけのよい少年のようにすぐその日から、当時の私には解し難かった古代の文字で書綴《かきつづ》られたその日記のなかを殆《ほとん》ど手さぐりでのように少し往《い》っては立ち止まり、立ち止まりしながら、それでもようよう読みすすんでいるうちに、遂《つい》に或日そのかすかな枯れたような匂《におい》の中から突然ひとりの古い日本の女の姿が一つの鮮やかな心像として浮んで来だした。それは私にとっては大切な一瞬であった。その鮮やかな心像は私に、他のいかなるものにも増して、日本の女の誰でもが殆ど宿命的にもっている夢の純粋さ、その夢を夢と知ってしかもなお夢みつつ、最初から詮《あきら》めの姿態をとって人生を受け容《い》れようとする、その生き方の素直さというものを教えてくれたのである。

そうやって少年の日に「更級日記」を読み、そういう古い日本の女のひとりに人知れぬ思慕を寄せていたのは、しかし私の心の一番奥深くでだった。私は誰にもその思慕については自分から言い出そうとはしなかった。只《ただ》一度、私は何かの話のついでに佐藤春夫さんの前でちょっとその事に触れたが、そのとき佐藤さんもこの日記を大へん好んでいられることを知ると、反《かえ》って私は何んだか気まりの悪いような気がして自分の思っていることを余計しどろもどろにしか言えなかった事をいまだに覚えている。それから数年立ち、他の仕事などに取り紛れて、いつかこの日記からも私の気もちの離れ出していた頃、保田与重郎《やすだよじゆうろう》君がこの日記への愛に就《つ》いて語った熱意のある一文に接し、私は何かその日頃の自分を悔いるような心もちにさえなってそれを感動しながら読んだものだった。それ以来、再びこの日記は私の心から離れないようになっていた。

＊＊＊

ここ数年というもの、私はおおく信濃《しなの》の山村に滞在して、冬もそこで雪に埋れながら越すような事さえあった。それらの日々は、私のもって生れたどうにもならぬ遥《はる》かなるものへの夢を、或《あるい》は其処《そこ》の山々に、或は牧場に、或はまた樺《かば》や樅《もみ》などの木々から小さな雑草にまで寄せながら、自分で自分にきびしく課した人生を生きんと試みていた日々にほかならなかった。私は或晩秋の日々、そこで「かげろふの日記」を書いていた。私がそういう孤独のなかでそんな煩悩《ぼんのう》おおき女の日記を書いていたのは、私が自分に課した人生の一つの過程として、一人の不幸な女をよりよく知ること、——そしてそういう仕事を為《な》し遂げるためにはよほど辛抱強くなければならぬと思ったからであった。そして私の対象として選ぶべき女は、何か日々の孤独のために心の弱まるようなこちらを引き立ててずんずん向うの気持ちに引き摺《ず》り込んでくれるような、強い心の持主でなければならなかった。しかもそれは見事に失恋した女であり、自分を去った男を詮めきれずに何処《どこ》までも心で追って、いつかその心の領域では相手の男をはるかに追い越してしまうほど気概のある女でなければならなかった。「あるかなきかの心地するかげろふの日記といふべし」とみずから記するときのひそやかな溜息《ためいき》すら、一種の浪漫的反語めいてわれわれに感ぜられずにはいられないほど、不幸になればなるほどますます心のたけ高くなる、「かげろふの日記」を書いたような女でなければそれはどうしてもならなかった。

しかしそういう不幸な女を描きかけながら、一方、私はそれとほぼ同じ頃に生きていた、もう一人のほとんど可憐《かれん》といってもいいような女の書き残した日記の節々を思い浮べるともなしに思い浮べ、前者の息づまるような苦しい心の世界からこちらの静かな世界へ逃れてきては、しばらくそれに少年の頃から寄せていた何んということもない思慕を蘇《よみがえ》らせていたりした事もあった。そういう日の私にとっては、「更級日記」を書いたいかにも女のなかの女らしい、しかし決して世間並みに為合《しあわ》せではなかったその淋《さび》しそうな作者すらも何んとなく為合せに見え、本当にかわいそうなのは矢っ張「かげろふ」の作者であるような気がした。そうしてそのとき私が一つの試練でもあるかのように自分をその前に立ち続けさせていたのは、その何処までも詮めきれずにいるような、一番かわいそうな女であったのだ。

**

「かげろふの日記」を書き、さらにその女のやや心の落着いた晩年の一挿話を描いた「ほととぎす」を書いた後、私もまた孤独の境涯を去り、ひとりで信濃の山中に何かを思いつめたようにして暮らすようなこともなくなってしまっていたが、去年の夏に一なろうとする頃、或雑誌に依頼されて短篇小説を書くために本当にしばらくぶりに一人きりでぶらっと信濃に出かけて往った。そのときその山麓《さんろく》の古びた村と「更級日記」と——私が少年の日から別々にそれを懐《なつか》しんできた二つのものが、不意にその折の私の余裕のある心の裡《うち》で結び合わさり、私は再び王朝の日記から取材して小さな短篇を書いてみる気になった。なぜこの日記が信濃に因《ちな》んで「更級日記」と題せられるようになったか、それまでそんな事には殆ど意を介しもしなかったのに、そのとき突然私にそれがはっきりと分かった。月の凄《すご》いほどいい、荒涼とした古い信濃の里が、当時の京の女たちには彼女たちの花やかに見えるその日暮らしのすぐ裏側にある生の真相の象徴として考えられていたにちがいなく、そしてそういう女たちの一人がその心慰まぬ晩年に筆をとった一生の回想録はまさにそれに因んだ表題こそふさわしいのだ。そして彼女の回想録を読み了《おわ》ろうとする瞬間に誰しもの胸裡《きょうり》におのずから浮んで来るであろう信濃の更級の里あたりの侘《わ》びしい風物、——そういう読後の印象を一層深くするような結末を私は自分の短篇小説にも与えたいと思った。

そこに私がこの「更級日記」を自分のものとして書き変えるための唯一《ゆいいつ》のよりどころがあったと云《い》ってもいい。

＊＊＊

「あづまぢの道のはてよりも、なほ奥つかたに生《お》ひ出《い》でたる人、いかばかりかはあやしかりけむを……」と更級日記は書き出されている。この日記の作者は、少女の頃から、自分がそのような片田舎《かたいなか》に生い育った、なんの見よいところもない、平凡な女であることを反省しつつ、素直に人生にはいろうとする。ただ彼女は既に物語を読むことの愉《たの》しさだけは身にしみて覚えていて、京へ上るようになってからも、冊子の類《たぐい》を殆ど手放そうとはしない。就中《なかんずく》、源氏物語を一揃《ひとそろ》え手に入れることの出来たときなどは、几帳《きちよう》のうちに打臥《うちふ》したきり、昼は日もすがら、夜は目の覚《さ》めたるかぎり火を近くともして、それをばかり読んで暮らしているような熱心さであった。そういう夢みがちな彼女にとって、自分の前に漸《ようや》く展《ひら》かれだした人生はいかに味気ないものに見えたことであろう。が、その人生が一様に灰色に見えて来れば来るほど、彼女はいよいよ物語に没頭し、そしてだんだん自分の身辺の小さな変化をもいくぶん物語めかしてでなければ見ないようになる。私はいつもこの日記のそのあたりを読むとき、その点に一つの重心を置きながら読むことにしている。こちらがそんな気持ちでそれに向ってみると、日記のそのあたりで、彼女がつぎつぎに出逢《であ》うところの三つの死——侍従大《だい》納言《なごん》の女《むすめ》の死、乳母《うば》の死、それから姉の死の前後を描いているところなど、非常に省略した筆ながら、それが反《かえ》って効果的に見える位、驚くほど生彩を帯びているのが感ぜられて来る。そこには特に人の心をそそるようなところはないのに、しかもそこに作者の見出《みいだ》している人生の小さな真実がいかにわれわれに物語めいた湿やかな情趣をさえもって感ぜられるか。私はそこにこの作者独自の心ばえを見とめる。さらに日記のもう少し先きに行くと、作者自身でこういう自白をしているところがある、――ゆくゆくは光る源氏や薫大将《かおるのたいしょう》のような人並すぐれた男に見出され、浮舟の女君かなんぞのように山里にかくしすえられて、「いと心細げにて」暮らしながら、年に一度ぐらいその御方がお通いになってくだされば、あとはときおり御文などを頂戴《ちょうだい》するだけでもいい、そんな身分になら自分のようなものだってなれなくはなさそうな気もするがと若い女らしく夢みる、――そういう心もちを半ば自嘲《じちょう》しながら打ち明けている一節であるが、そんなしどけない心の中まで日記に書きつけずにはいられなかったその女の迷いの美しさというものは、寧《むし》ろその箇処でよりも、前に挙げたような身辺雑記的なものをさりげなく記した箇処に反ってその表面の何気なさを通して一層あわれ深く感ぜられはすまいかと思うのである。

そんな物はかない日々のうちに、当時の女らしくときどき夢などに仏のすがたを見ては、信仰のない人間の不為合せをはっとするほど衝動的に知らされ、その度毎《たびごと》にいままでのように物語のみに夢中になっているような心境を棄《す》ててひたすら信仰に生きようとも決意するが、いつのまにかそれも中途半端《はんぱ》に終ってしまう。そのように女らしい迷いと覚醒《かくせい》との間にどっちつかずに漂っているような不安げな気分が、その日記の後半ともなると、屢〻《しばしば》見出されがちになってくる。

が、遂に彼女にも「物まめやかなるさまに心もなりはてて」物語のことなども何かに取り紛れて次第に忘れるような中年の日々が近づいてくる。宮仕えもしたが、それもただ内気な彼女にはつらく思えただけで、「光る源氏ばかりの人はこの世におはしけりやは」と漸《ようや》っとの事で知った後、彼女はそのときはじめて「人がらもいとすくよかに世のつねならぬ人」に見えた奥ゆかしい同じ年頃の男に出会う。それは冬のくらい、しぐれ模様の夜であった。彼女は殿の戸口ちかくで、その男を相手に朋輩《ほうばい》の女房と三人して、ときどき木の葉にしぐれの降りかかる音をききながら、世の中のあわれなる事どもをしみじみと物語りあう。——そのしぐれの夜の対話はこの二人の中年の男女の心に沁《し》み、互に相手を淡い気もちでなつかしみあうが、それぎりで二人には再びゆっくりと語り合える機会は来ずにしまう。ただ二度ほど同じ殿中で互をそれとなく認め合う折もないではなかったが、共に折悪《あ》しくて僅《わず》かに口頭で歌をとりかわすだけで別れる。が、その逢《あ》えそうで逢えずにしまった刹那《せつな》ほど、彼女は自分がそっくりそのまま物語のなかの女でもあるかのような気もちを切実に味《あじわ》ったことはないのだ。そういう気もちにさせられただけで、そのような一瞬間の心と心との触れ合いを感じ得られただけで、既に物語そのもののこの世には有り得ないことを知っている彼女は、いかにも切ないが、一方、その心の奥で一種の云い知れぬ満足を感ずる。

その後、彼女は宮仕えを辞し、或平凡な男と結婚し、何事もなかったように静かに一生を終える。……

いま私がここにその経過を語って来たところのものは、半ば私の書いた短篇小説のそれであって、「更級日記」の原文からやや離れて来たものになって来ているらしい事は私も認めないではいられない。いま私の読みとったようにこの「更級日記」を読むのは、私の詩人としての勝手な読み方で、或は原文を非常に歪《ゆが》めているような懼《おそ》れもないとはかぎらぬ。もしそうとすれば、それは私の不心得であろう。しかし、このような心の経過は私が早い日からそういう風に読み慣らわして、いまでは私の裡にしっかりと根を下ろしているこの女の心像と切り離せないものになってしまっているので、もはや私としては如何《いか》んともなし難いことなのである。

＊＊＊

さらに私は不心得にも、自分の作品の結末として、原文ではその女は結婚後その夫が信濃守《しなののかみ》となって任国に下ったときには京にひとり留《とど》っているのであるが、そのときその夫に伴って彼女自身も信濃に下るように書き変えてしまった。これは自分でもそこを書くときまでは全然考えもしなかったことで、書いているうちにどうしてもそう書かずにはいられなくなってしまったのだ。信濃への少年の日からの私の愛着が、自分の作品の女主人公をしてそんな遠い山国で暮らしている彼女の夫の身の上を気づかわしめる事によってのみ信濃というものと彼女とを結びつけるだけでは何んとなく物足りなくなって、知らず識《し》らずの裡に私の筆をそのように運ばせて行ったものとみえる。が、もう一つ、それをそう改竄《かいざん》させた、ぬきさしならないような気もちも私にはいつか生じていたのだ。それは私が自分の作品の題詞とした、古今集中の

わが心なぐさめかねつさらしなやをばすて山にてる月をみて

という読み人しらずの歌への関心である。この古歌は、私には、どうしても自分の作品の女主人公とほぼ似たような境遇にあった女が、それよりもずっと遠い昔に人知れず詠《よ》んだもののような気がしてならない。「大和《やまと》物語」や「無名抄《むみようしよう》」などで歌物語化せられてから人々の心にいろいろな影を投げてきた古歌ではあるが、そういう境遇の女が自分の宿命的な悲しみをいだいたままいつかそれすら忘れ去ったように見えていたが、或《ある》月の好い夜にそれをゆくりなくも思い出し、どうしようもないような気もちにさせられている時におのずから詠み出したものとして、それを考えて、一番私の心にそのなつかしさの覚えられる歌である。——原文では、信濃に下っていた夫はそれから一年立つか立たないうちに病を得て帰京するが、その後間もなく身まかってし

まう。あとに取り残された女は「さすがに命はうきにもたえず、ながらふめれど」遂《つい》にまったくの孤独となった自分の身の上を「おばすて」と観じ、そのような感慨をその古今集よみ人知らずの歌を本歌《ほんか》とした一首の和歌に托《たく》しているのだが、私は彼女自身の詠んだその歌よりも、この古歌そのものをこそ彼女に口ずさませたいような気がしてならなかったのである。――それ故《ゆえ》、私は自分の作品に特に「姨捨《おばすて》」という題を選び、その作品の中では女主人公をして夫に伴って信濃に赴《おもむ》かしめるところで筆を絶ち、その代りにただ、その後の女の境涯をそれとなく暗示するかのように、その読人しらずの古歌を題詞として置いておいたのである。

＊＊＊

今年の晩春の一日、私ははじめてその更級《さらしな》の里、姨捨山のほとりを歩いてみた。この山国のまなかでは、遠い山々にはまだかなり雪が残り、里近い田畑はすべて枯れ枯れとしていて、いかにも春なお浅い感じであった。私は一冊の小さな書物を携えていたが、その書物によると、多くの古歌に詠ぜられた平安朝の頃の姨捨山というのは、実は私のさまよい歩いている低い山ではなく、その山のもう一つ向う側に半ば隠れながら山頂だけ見せている現在の冠着山《かむりきやま》だったのだそうである。そうでなくてはならない。現在姨捨の駅のあるこのあたりがそうなのでは余りにも感じが小さ過ぎる。この山の向うの、いかにも奥深い感じのする冠着山こそわれわれの姨捨山のように見える。

なお、その書物によると、それよりもっと古代の姨捨山は、その冠着山でもなく、やはり同じ更級郡にあって昔小長谷山《おはっせ》といわれていた山（現在の参謀本部の地図には篠山《しのやま》と記載せらる）であったらしいと云う。それは泊瀬《はっせ》即《すなわ》ち上古の葬所のあったところであり、それが転訛《てんか》して「おばすて」となり、それへ古代の信濃でも行われたらしい棄老の伝説が結びつきながら、丁度その読み人しらずの古歌の詠ぜられた平安朝のはじめ頃を界《さかい》として、現在の冠着山に移動したのであろうと考証せられている。「大和物語」や「無名抄」などに伝えられている有名な伝説の出来たのはその後の事であったらしい。その後さらに、元禄《げんろく》の頃芭蕉《ばしょう》がこの地にやって来て「更科紀行」などを書いた少し前に、その冠着山からもう一度現在の姨捨山に移動して来ているのだそうである。――しかし、いまのところ私はそれらの諸説にはこだわらずに、自分の前にある古歌をただそれだけのものとして単純に味いたい。――或《あるい》はこの読み人しらずの歌は、その更級の里にあって近親を失ったものがそれを山に葬《ほうむ》った後、或夜その山に照る月をながめながら詠んだ哀傷の歌として味うのが本筋かもしれないが、いまはその考えをさえ棄てて、私はそれをただわれわれの女主人公のような境遇の女がその里に侘《わ》び住《ず》みしながらふと詠みいでた述懐の歌としてのみ味いたいのである。

そうやって半日近く姨捨山のほとりを歩いてから、私はまた木曾路《きそじ》へも行ってみた。その谷間の村々もまだ春浅い感じであった。まなかいに見える山々はまだ枯れ枯れとしており、村家の近くには林檎《りんご》や梨《なし》の木が丁度花ざかりであった。其処《そこ》でもまた私は古代から中古にかけての木曾路がいまの道筋とは全く異り、それらの周囲の山々のもっと奥深くを尾根から尾根へと伝っていたものであることを知らされた。私はそれらの山奥に、われわれの女主人公たちがさまざまな感慨をいだいて通って往《い》ったであろう古い木曾路が、いまはもう既に廃道となって草木に深く埋もれてしまっている有様をときおり空に描いたりしては、何んということもなしに一人で切ない気もちになって、花ざかりの林檎の木の下などをぶらぶらしながら晩春の一日をなまけ暮らしていた。

大和路
やまと じ

十一月

一九四一年十月十日、奈良ホテルにて

くれがた奈良に着いた。僕のためにとっておいてくれたのは、かなり奥まった部屋で、なかなか落ちつけそうな部屋で好い。すこうし仕事をするのには僕には大きすぎるかなと、もうここで仕事に没頭している最中のような気もちになって部屋の中を歩きまわってみたが、なかなか歩きでがある。これもこれでよかろうという事にして、こんどは窓に近づき、それをあけてみようとして窓掛けに手をかけたが、つい面倒になって、まあそれくらいはあすの朝の楽しみにしておいてやれとおもって止《や》めた。その代り、食堂にはじめて出るまえに、奮発して髭《ひげ》を剃《そ》ることにした。

十月十一日朝、ヴェランダにて

けさは八時までゆっくりと寝た。あけがた静かで、寝心地《ねごこち》はまことにいい。やっと窓をあけて見ると、僕の部屋がすぐ荒池《あらいけ》に面していることだけは分かったが、向う側はまだぼおっと濃い靄《もや》につつまれているっきりで、もうちょっと僕にはお預けという形。なかなかもったいぶっていやあがる。さあ、この部屋で僕にどんな仕事が出来るか、なんだかこう仕事を目の前にしながら嘘《うそ》みたいに愉《たの》しい。きょうはまあ軽い小手しらべに、ホテルから近い新薬師寺ぐらいのところでも歩いて来よう。

夕方、唐招提寺にて

いま、唐招提寺《とうしょうだいじ》の松林のなかで、これを書いている。けさ新薬師寺のあたりを歩きながら、「或門《ある》のくづれてゐるに馬酔木《あしび》かな」という秋桜子《しゅうおうし》の句などを口ずさんでいるうちに、急に矢も楯《たて》もたまらなくなって、此処《ここ》に来てしまった。いま、秋の日が一ぱい金堂《こんどう》や講堂にあたって、屋根瓦《やねがわら》の上にも、丹《に》の褪《さ》めかかった古い円柱にも、松の木の影が鮮やかに映っていた。それがたえず風にそよいでいる工合は、いうにいわれない爽《さわ》やかさだ。此処こそは私達のギリシアだ――そう、何か現世にこせこせしながら生きているのが厭《いや》になったら、いつでもいい、ここに来て、半日なりと過ごしていること。――しかし、まず一番先きに、小説なんぞ書くのがいやになってしまうことは請合いだ。……はっはっは、いま、これを読んでいるお前の心配そうな顔が目に見えるようだよ。だが、本当のところ、此処にこうしていると、そんなはかない仕事にかかわっているよりか、いっそのこと、この寺の講堂の片隅《かたすみ》に埃《ほこり》だらけになって二つ三つころがっている仏頭《ぶっとう》みたいに、自分も首から上だけになったまま、古代の日々を夢みていたくなる。……

もう小一時間ばかりも松林のなかに寝そべって、そんなはかないことを考えていたが、僕は急に立ちあがり、金堂の石壇の上に登って、扉の一つに近づいた。西日が丁度その古い扉の上にあたっている。そしてそこには殆《ほと》んど色の褪めてしまった何かの花の大きな文様《もよう》が五つ六つばかり妙にくっきりと浮かび出ている。そんな花文《かもん》のそこに残っていることを知ったのはそのときがはじめてだった。いましがた松林の中からその日のあたっている扉のそのあたりになんだか綺麗《きれい》な文様らしいものの浮き出ているのに気がつき、最初は自分の目のせいかと疑ったほどだった。——僕はその扉に近づいて、それをしげしげと見入りながらも、まだなんとなく半信半疑のまま、何度もその花文の一つに手でさわってみようとしかけて、ためらった。おかしなことだが、一方では、それが僕のこのときりの幻であってくれればいいというような気もしていたのだ。そのうちそこの扉にさしていた日のかげがすうと立ち去った。それと一しょに、いままで鮮やかに見えていたそのいくつかの花文も目のまえで急にぼんやりと見えにくくなってしまった。

十月十二日、朝の食堂で

けさはもう六時から起きている。朝の食事をするまえに、大体こんどの仕事のプランを立てた。とにかく何処《どこ》か大和《やまと》の古い村を背景にして、Idyll 風なものが書いてみたい。そして出来るだけそれに万葉集的な気分を漂わせたいものだとおもう。――ちょっと待った、お前は僕が何かというとすぐイディルのようなものを書きたがるので、またかと思っていることだろう。しかし、本当をいうと、僕は最近ケーベル博士の本を読みかえしたおかげで、いままでいい加減に使っていたそのイディルという様式の概念をはじめてはっきりと知ったのだよ。ケーベル博士によると、イディルというのは、ギリシア語では「小さき絵」というほどの意だそうだ。そしてその中には、物静かな、小ぢんまりとした環境に生きている素朴な人達の、何物にも煩《わずら》わせられない、自足した生活だけの描かれることが要求されている。……どうだ、分かったかい、僕がそれより他《ほか》にいい言葉がなかったので半ば間にあわせに使っていたイディルというのが、思いがけず僕の考えていたものとそっくりそのままなのだ。もうこれからは安心して使おう。いい訳語が見つかってくれればいいが（どうも牧歌なんぞと訳してしまってはまずいんだ）……

さて、お講義はこの位にしておいて、こんどの奴《やつ》はどんな主題にしてやろうか。なんしろ、万葉風となると、はじめての領分なのだから、なかなかおいそれとは手ごろな主題も見つかるまい。そのくせ、一つのものを考え出そうとすると、あれもいい、これもちょっと描けそうだ、と一ぺんにいろんなものが浮かんで来てしまってしようがない。

ままよ、きょうは一日中、何処か古京のあとでもぶらぶら歩きながら、なまじっかこっちで主題を選ぼうなどとしないで、どいつでもいい、向うでもって僕をつかまえるような工合にしてやろう。……

僕はそんな大様《おおよう》な気もちで、朝の食事をすませて、食堂を出た。

午後、海竜王寺にて

天平《てんぴょう》時代の遺物だという転害門《てがいもん》から、まず歩き出して、法蓮《ほうれん》というちょっと古めかしい部落を過ぎ、僕はさもいい気もちそうに佐保路《さほじ》に向い出した。

此処、佐保山のほとりは、その昔、――ざっと千年もまえには、大伴《おおとも》氏などが多く邸宅を構え、柳の並木なども植えられて、その下を往来するハイカラな貴公子たちに心ちのいい樹蔭《こかげ》をつくっていたこともあったのだそうだけれど、――いまは見わたすかぎり茫々《ぼうぼう》とした田圃《たんぼ》で、その中をまっ白い道が一直線に突っ切っているっきり。秋らしい日ざしを一ぱいに浴びながら西を向いて歩いていると、背なかが熱くなってきて苦しい位で、僕は小説などをゆっくりと考えているどころではなかった。漸《ようや》っと法華寺《ほっけじ》村に着いた。

村の入口からちょっと右に外《はず》れると、そこに海竜王寺《かいりゅうおうじ》という小さな廃寺がある。その古い四脚門《しきゃくもん》の蔭にはいって、思わずほっとしながら、うしろをふりかえってみると、いま自分の歩いてきたあたりを前景にして、大和平《やまとだいら》一帯が秋の収穫を前にしていかにもふさふさと稲の穂波を打たせながら拡《ひろ》がっている。僕はまぶしそうにそれへ目をやっていたが、それからふと自分の立っている古い門のいまにも崩れて来そうなのに気づき、ああ、この明るい温かな平野が廃都の跡なのかと、いまさらのように考え出した。

私はそれからその廃寺の八重葎《やえむぐら》の茂った境内《けいだい》にはいって往《い》って、みるかげもなく荒れ果てた小さな西金堂《さいこんどう》（これも天平の遺構だそうだ……）の中を、はずれかかった櫺《れん》子《じ》ごしにのぞいて、そこの天平好みの化粧天井裏を見上げたり、半ば剝落《はくらく》した白壁の上に描きちらされてある村の子供のらしい楽書《らくがき》を一つ一つ見たり、しまいには裏の扉口からそっと堂内に忍びこんで、磚《せん》のすき間から生《は》えている葎までも何か大事そうに踏まえて、こんどは反対に櫺子の中から明かるい土のうえにくっきりと印せられている松の木の影に見入ったりしながら、そう、――もうかれこれ小一時間ばかり、此処でこうやって過ごしている。女の来るのを待ちあぐねている古《いにしえ》の貴公子のようにわれとわが身を描いたりしながら。……

夕方、奈良への帰途

海竜王寺を出ると、村で大きな柿《かき》を二つほど買って、それを皮ごと嚙《かじ》りながら、こんどは佐紀山《さきやま》らしい林のある方に向って歩き出した。「どうもまだまだ駄目だ。それに、どうしてこうおれは中世的に出来上がっているのだろう。いくら天平好みの寺だといったって、こんな小っちゃな寺の、しかもその廃頽《はいたい》した気分に、こんなにうつつを抜かしていたのでは。……こんな事では、いつまで立っても万葉気分にはいれそうにもない。まあ、せいぜい何処やらにまだ万葉の香《かお》りのうっすらと残っている伊勢《いせ》物語風なものぐらいしか考えられまい。もっと思いきりうぶな、いきいきとした生活気分を求めなくっては。……」そんなことを僕は柿を嚙り嚙り反省もした。

僕はすこし歩き疲れた頃、やっと山裾《やますそ》の小さな村にはいった。歌姫《うたひめ》という美しい字《あざ》名《な》だ。こんな村の名にしてはどうもすこし、とおもうような村にも見えたが、ちょっと意外だったのは、その村の家がどれもこれも普通の農家らしく見えないのだ。大きな門構えのなかに、中庭が広くとってあって、その四周に母屋《おもや》も納屋《なや》も家畜小屋も果樹もならんでいる。そしてその日あたりのいい、明るい中庭で、女どもが穀物などを一ぱいに拡《ひろ》げながらのんびりと働いている光景が、ちょっとピサロの絵にでもありそうな構図で、なんとなく仏蘭西《フランス》あたりの農家のような感じだ。

ちょっとその中にはいって往って、女どもと、その村の聞きとりにくいような方言かなんかで話がしてみたかったのだけれど、気軽にそんなことの出来るような性分ならいい。僕ときたひには、そうやって門の外からのぞいているところを女どもにちらっと見とがめられただけで、もうそこには居たたまれない位になるのだからね。……

気の小さな僕が、そうやって農家の前に立ち止まり立ち止まり、二三軒見て歩いているうちに、急に五六人の村の子たちに立ちよられて、怪訝《けげん》そうに顔をじろじろ見られだしたのには往生した。そのあげく、僕はまるでそんな村の子たちに追われるようにして、その村を出た。

その村はずれには、おあつらえむきに、鎮守の森があった。僕はとうとう追いつめられるように、その森のなかに逃げ込み、そこの木蔭でやっと一息ついた。

十月十三日、飛火野にて

きょうは薄曇っているので、何処へも出ずに自分の部屋に引き籠《こも》ったまま、きのうお前に送ってもらった本の中から、希臘《ギリシア》悲劇集をとりだして、それを自分の前に据え、別にどれを読み出すということもなしにあちらこちら読んでいた。そのうち突然、そのなかの一つの場面が僕の心をひいた。舞台は、アテネに近い、或る村はずれの森。苦しい流浪《るろう》の旅をつづけてきた父と娘との二人づれが漸っといまその森まで辿《たど》りついたところ。盲《めし》いた老人が自分の手をひいている娘に向って、「此処はどこだ」と聞く。旅やつれのした娘はそれでも老父を慰めるようにこたえる。「お父う様、あちらにはもう都の塔が見えまする。まだかなり遠いようではございますが。ここでございますか、ここはなんだかこう神さびた森で。……」

老いたる父はその森が自分の終焉《しゅうえん》の場所であるのを予感し、此処にこのまま止《とど》まる決心をする。

その神さびた森を前にして、その不幸な老人の最後の悲劇が起ろうとしているらしいのを読みかけ、僕はおぼえず異様な身ぶるいをした。僕はしかしそのときその本をとじて、立ち上がった。このままこの悲劇のなかにはいり込んでしまっては、もうこんどの自分の仕事はそれまでだとおもった。……

こういうものを読むのは、とにかくこんどの可哀《かわい》らしい仕事がすんでからでなくては。——そう自分に言ってきかせながら、僕はホテルを出た。

もう十一時だ。僕はやっぱりこちらに来ているからには、一日のうちに何か一つぐらいはいいものを見ておきたくなって、博物館にはいり、一時間ばかり彫刻室のなかで過ごした。こんなときにひとつ何か小品で心愉しいものをじっくり味わいたいと、小型の飛鳥仏《あすかぶつ》などを丹念に見てまわっていたが、結局は一番ながいこと、ちょうど若い樹木が枝を拡げるような自然さで、六本の腕を一ぱいに拡げながら、何処か遥《はる》かなところを、何かをこらえているような表情で、一心になって見入っている阿修羅王《あしゅらおう》の前に立ち止まっていた。なんというういういしい、しかも切ない目《ま》ざしだろう。こういう目ざしをして、何を見つめよとわれわれに示しているのだろう。

それが何かわれわれ人間の奥ぶかくにあるもので、その一心な目ざしに自分を集中させていると、自分のうちにおのずから故《ゆえ》しれぬ郷愁のようなものが生れてくる、——何かそういったノスタルジックなものさえ身におぼえ出しながら、僕はだんだん切ない気もちになって、やっとのことで、その彫像をうしろにした。それから中央の虚空蔵菩薩《こくうぞうぼさつ》を遠くから見上げ、何かこらえるように、黙ってその前を素通りした。

夜、寝床の上で

とうとう一日中、薄曇っていた。午後もまたホテルに閉じこもり、仕事にもまだ手のつかないまま、結局、ソフォクレェスの悲劇を再びとりあげて、ずっと読んでしまった。

この悲劇の主人公たちはその最後の日まで何んという苦患《くげん》に充《み》ちた一生を送らなければならないのだろう。しかも、そういう人間の苦患の上には、なんの変ることもなく、ギリシアの空はほがらかに拡がっている。その神さびた森はすべてのものを吸い込んでしまうような底知れぬ静かさだ。あたかもそれが人間の悲痛な呼びかけに対する神々の答えででもあるかのように。――

薄曇ったまま日が暮れる。夜も、食事をすますと、すぐ部屋にひきこもって、机に向う。が、これから自分の小説を考えようとすると、果して午後読んだ希臘悲劇が邪魔をする。あらゆる艱苦《かんく》を冒して、不幸な老父を最後まで救おうとする若い娘のりりしい姿が、なんとしても、僕の心に乗ってきてしまう。自分も古代の物語を描こうというなら、そういう気高い心をもった娘のすがたをこそ捉《つか》まえようと努力しなくては。

……

でも、そういうもの、そういった悲劇的なものは、こんどの仕事がすんでからのことだ。こんど、こちらに滞在中に、古い寺や仏像などを、勉強かたがた、僕が心愉《たの》しく書こうというのには、やはり「小さき絵」位がいい。

まあ、最初のプランどおり、その位のものを心がけることにして、僕は万葉集をひらいたり埴輪《はにわ》の写真を並べたりしながら、十二時近くまで起きていて、五つか六つぐらい物語の筋を熱心に立ててみたが、どれもこれも、いざ手にとって仔細《しさい》に見ていると、大へんな難物のように思えてくるばかりなので、とうとう観念して、寝床にはいった。

十月十四日、ヴェランダにて

ゆうべは少し寐《ね》られなかった。そうして寐られぬまま、仕事のことを考えているうちに、だんだんいくじがなくなってしまった。もう天平時代の小説などを工夫するのは止《や》めた方がいいような気がしてきた。毎日、こうして大和の古い村や寺などを見ていたからって、おいそれとすぐそれが天平時代そのままの姿をして僕の中に蘇《よみがえ》ってくれるわけはないのだもの。それには、もうすこし僕は自分の土台をちゃんとしておかなくては。古代の人々の生活の状態なんぞについて、いまみたいにほんの少ししか、それも殆《ほとん》ど切れ切れにしか知っていないようでは、その上で仕事をするのがあぶなっかしくってしようがない。それは、ここ数年、何かと自分の心をそちらに向けて勉強してきたこともしてきた。だが、あんな勉強のしかたでは、まだまだ駄目なことが、いま、こうやってその仕事に実地にぶつかって見て、はっきり分かったというものだ。ほんの小手しらべのような気もちでとり上げようとした小さな仕事さえ、こんなに僕を手きびしくはねつけるのだ。僕はこのままそれに抵抗していても無駄だろう。いさぎよく引っ返して、勉強し直してきた方がいい。……

そんな自棄《やけ》ぎみな結論に達しながら、僕はやっと明け方になってから寐入った。それで、けさは大いに寐坊《ねぼう》をして、髭《ひげ》も剃《そ》らずに、やっと朝の食事に間に合った位だ。

きょうはいい秋日和《あきびより》だ。こういうすがすがしい気分になると、又、元気が出てきて、もう一日だけ、なんとか頑張《がんば》ってやろうという気になった。やや寐不足のようだが、小説なんぞ考えるのには、そういう頭の状態の方がかえって幻覚的でいいこともある。

どうも心細い事を云《い》い初めたものだと、お前もこんな手紙を見ては気が気でないだろう。だが、もう少し辛抱をして、次ぎの手紙を待っていてくれ。何処《どこ》でそれを書く事になるか、まだ僕にも分からない。……

午後、秋篠寺にて

いま、秋篠寺《あきしのでら》という寺の、秋草のなかに寐そべって、これを書いている。いましがた、ここのすこし荒れた御堂にある伎芸天女《ぎげいてんにょ》の像をしみじみと見てきたばかりのところだ。このミュウズの像はなんだか僕たちのもののような気がせられて、わけてもお慕わしい。朱《あか》い髪をし、おおどかな御顔だけすっかり香にお灼《や》けになって、右手を胸のあたりにもちあげて軽く印《いん》を結ばれながら、すこし伏せ目にこちらを見下ろされ、いまにも何かおっしゃられそうな様子をなすってお立ちになっていられた。……

此処《ここ》はなかなかいい村だ。寺もいい。いかにもそんな村のお寺らしくしているところがいい。そうしてこんな何気ない御堂のなかに、ずっと昔から、こういう匂《にお》いの高い天女の像が身をひそませていていてくだすったのかとおもうと、本当にありがたい。

夕方、西の京にて

秋篠の村はずれからは、生駒山《いこまやま》が丁度いい工合に眺《なが》められた。

もうすこし昔だと、もっと侘《わ》びしい村だったろう。何か平安朝の小さな物語にならし、その背景には打ってつけに見えるが、それだけに、此処もこんどの仕事には使えそうもないとあきらめ、ただ伎芸天女と共にした幸福なひとときをきょうの収穫にして、僕はもう何をしようというあてもなく、秋篠川に添うて歩きながら、これを往けるところまで往ってみようかと思ったりした。

が、道がいつか川と分かれて、ひとりでに西大寺《さいだいじ》駅に出たので、もうこれまでと思いきって、奈良行の切符を買ったが、ふいと気がかわって郡山《こおりやま》行の電車に乗り、西の京で下りた。

西の京の駅を出て、薬師寺の方へ折れようとするとっつきに、小さな切符売場を兼ねて、古瓦《ふるがわら》のかけらなどを店さきに並べた、侘びしい骨董《こっとう》店がある。いつも通りすがりに、ちょっと気になって、その中をのぞいて見るのだが、まだ一ぺんもはいって見たことがなかった。が、きょうその店の中に日があかるくさしこんでいるのを見ると、ふいとその中にはいってみる気になった。何か埴輪の土偶《でく》のようなものでもあったら欲しいと思ったのだが、そんなものでなくとも、なんでもよかった。ただふいと何か仕事の手がかりになりそうなものがそんな店のがらくたの中にころがっていはすまいかという空頼みもあったのだ。だが、そこで二十分ばかりねばってみていたが、唐草《からくさ》文様《もよう》などの工合のいい古瓦のかけらの他にはこれといって目ぼしいものも見あたらなかった。なんぼなんでも、そんな古瓦など買った日には重くって、持てあますばかりだろうから、又こんど来ることにして、何も買わずに出た。

裏山のかげになって、もうここいらだけ真先きに日がかげっている。薬師寺の方へ向ってゆくと、そちらの森や塔の上にはまだ日が一ぱいにあたっている。

荒れた池の傍《そば》をとおって、講堂の裏から薬師寺にはいり、金堂《こんどう》や塔のまわりをぶらぶらしながら、ときどき塔の相輪《そうりん》を見上げて、その水煙《すいえん》のなかに透《す》かし彫《ぼり》になって一人の天女の飛翔《ひしょう》しつつある姿を、どうしたら一番よく捉まえられるだろうかと角度など工夫してみていた。が、その水煙のなかにそういう天女を彫り込むような、すばらしい工夫を凝らした古人に比べると、いまどきの人間の工夫しようとしてる事なんぞは何んと間が抜けていることだと気がついて、もう止める事にした。

それから僕はもと来た道を引っ返し、すっかり日のかげった築土《ついじ》道を北に向って歩いていった。二三度、うしろをふりかえってみると、松林の上にその塔の相輪だけがいつまでも日に赫《かがや》いていた。

裏門を過ぎると、すこし田圃《たんぼ》があって、そのまわりに黄いろい粗壁《あらかべ》の農家が数軒かたまっている。それが五条《ごじょう》という床《ゆか》しい字名《あざな》の残っている小さな部落だ。天平の頃には、恐らくここいらが西の京の中心をなしていたものと見える。

もうそこがすぐ唐招提寺の森だ。僕はわざとその森の前を素どおりし、南大門も往き過ぎて、なんでもない木橋の上に出ると、はじめてそこで足を止めて、その下に水草を茂らせながら気もちよげに流れている小川にじいっと見入りだした。これが秋篠川のつづきなのだ。

それから僕は、東の方、そこいら一帯の田圃ごしに、奈良の市のあたりにまだ日のあたっているのが、手にとるように見えるところまで歩いて往ってみた。

僕は再び木橋の方にもどり、しばらくまた自分の仕事のことなど考え出しながら、すこし気が鬱《ふさ》いで秋篠川にそうて歩いていたが、急に首をふってそんな考えを払い落し、せっかくこちらに来ていて随分ばかばかしい事だと思いながら、裏手から唐招提寺の森のなかへはいっていった。

金堂も、講堂も、その他の建物も、まわりの松林とともに、すっかりもう陰ってしまっていた。そうして急にひえびえとしだした夕暗《ゆうやみ》のなかに、白壁だけをあかるく残して、軒も、柱も、扉も、一様に灰ばんだ色をして沈んでゆこうとしていた。

僕はそれでもよかった。いま、自分たち人間のはかなさをこんなに心にしみて感じていられるだけでよかった。僕はひとりで金堂の石段にあがって、しばらくその吹き放しの円柱のかげを歩きまわっていた。それからちょっとその扉の前に立って、このまえ来たときはじめて気がついたいくつかの美しい花文《かもん》を夕暗のなかに捜して見た。

最初はただそこいらが数箇所、何かが剝《は》げてでもしまった跡のような工合にしか見えないでいたが、じいっと見ているうちに、自分がこのまえに見たものをそこにいま思い出しているのに過ぎないのか、それともそれが本当に見え出してきたのかどちらか、よく分からない位の仄《ほの》かさで、いくつかの花文がそこにぼおっと浮かび出していた。

……

それだけでも僕はよかった。何もしないで、いま、ここにこうしているだけでも、僕は大へん好い事をしているような気がした。だが、こうしている事が、すべてのものがはかなく過ぎてしまう僕たち人間にとって、いつまでも好いことではあり得ないことも分かっていた。

僕はきょうはもうこの位にして、此処を立ち去ろうと思いながら、最後にちょっとだけ人間の気まぐれを許して貰《もら》うように、円柱の一つに近づいて手で撫《な》でながら、その太い柱の真んなかのエンタシスの工合を自分の手のうちにしみじみと味わおうとした。僕はそのときふとその手を休めて、じっと一つところにそれを押しつけた。僕は異様に心が躍った。そうやってみていると、夕冷えのなかに、その柱だけがまだ温かい。ほんのりと温かい。その太い柱の深部に滲《し》み込んだ日の光の温かみがまだ消えやらずに残っているらしい。

僕はそれから顔をその柱にすれすれにして、それを嗅《か》いでみた。日なたの匂いまでもそこには幽《かす》かに残っていた。……

僕はそうやって何んだか気の遠くなるような数分を過ごしていたが、もうすっかり日が暮れてしまったのに気がつくと、ようやっと金堂から下りた。そうして僕はそのまま、自分の何処かにまだ感ぜられている異様な温かみと匂いを何か貴重なもののようにかかえながら、既に真っ暗になりだしている唐招提寺の門を、いかにもさりげない様子をして立ち出《い》でた。

二

十月十八日、奈良ホテルにて

きょうは雨だ。一日中、雨の荒池《あらいけ》をながめながら、折口博士の「古代研究」などを読んでいた。

そのなかに人妻となって子を生んだ葛《くず》の葉《は》という狐《きつね》の話をとり上げられた一篇があって、そこにこういう挿話《そうわ》が語られている。或《あ》る秋の日、その葛の葉が童子をあやしながら大好きな乱菊の花の咲きみだれているのに見とれているうちに、ふいと本性に立ち返って、狐の顔になる。それに童子が気がつき急にこわがって泣き出すと、その狐はそれっきり姿を消してしまう、ということになるのだが、その乱菊の花に見入っているその狐のうっとりとした顔つきが、何んとも云えず美しくおもえた。それもほんの一とおりの美しさなんぞではなくて、何かその奥ぶかくに、もっともっと思いがけないものを潜めているようにさえ思われてならなかった。

僕も、その狐のやつに化かされ出しているのでないといいが……

十月十九日、戒壇院の松林にて

きょうはまたすばらしい秋日和《あきびより》だ。午前中、クロオデルの「マリアへのお告げ」を読んだ。

数年まえの冬、雪に埋もれた信濃《しなの》の山小屋で、孤独な気もちで読んだものを、もう一遍、こんどは秋の大和路《やまとじ》の、何処《どこ》かあかるい空の下で、読んでみたくて携えてきた本だが、やっとそれを読むのにいい日が来たわけだ。

雪の中で、いまよりかずっと若かった僕は、この戯曲を手にしながら、そこに描かれている一つの主題――神的なるものの人間性のなかへの突然の訪れといったようなもの――を、何か一枚の中世風な受胎告知図を愛するように、素朴に愛していることができた。いまも、この戯曲のそういう抒情的《じょじょうてき》な美しさはすこしも減じていない。だが、こんどは読んでいるうちにいつのまにか、その女主人公ヴィオレエヌの惜しげもなく自分を与える余りの純真さ、そうしているうちに自分でも知らず識《し》らず神にまで引き上げられてゆく驚き、その心の葛藤《かっとう》、——そういったものに何か胸をいっぱいにさせ出していた。

三時ごろ読了。そのまま、僕は何かじっとしていられなくなって、外に出た。博物館の前も素どおりして、どこへ往くということもなしに、なるべく人けのない方へ方へと歩いていた。こういうときには鹿《しか》なんぞもまっぴらだ。

戒壇院《かいだんいん》をとり囲んだ松林の中に、誰もいないのを見すますと、漸《ようや》っと其処《そこ》に落ちついて、僕は歩きながらいま読んできたクロオデルの戯曲のことを再び心に浮かべた。そうしてこのカトリックの詩人には、ああいう無垢《むく》な処女を神へのいけにえにするために、ああも彼女を孤独にし、ああも完全に人間性から超絶せしめ、それまで彼女をとりまいていた平和な田園生活から引き離すことがどうあっても必然だったのであろうかと考えてみた。そうしてこの戯曲の根本思想をなしているカトリック的なもの、ことにその結末における神への讃美《さんび》のようなものが、この静かな松林の中で、僕にはだんだん何か異様《ことざま》なものにおもえて来てならなかった。

三月堂の金堂にて

月光菩薩像《がっこうぼさつぞう》。そのまえにじっと立っていると、いましがたまで木の葉のように散らばっていたさまざまな思念ごとそっくり、その白みがかった光の中に吸いこまれてゆくような気もちがせられてくる。何んという慈《いつく》しみの深さ。だが、この目をほそめて合掌をしている無心そうな菩薩の像には、どこか一抹《いちまつ》の哀愁のようなものが漂っており、それがこんなにも素直にわれわれをこの像に親しませるのだという気のするのは、僕だけの感じであろうか。……

一日じゅう、たえず人間性への神性のいどみのようなものに苦しませられていただけ、いま、この柔かな感じの像のまえにこうして立っていると、そういうことがますます痛切に感ぜられてくるのだ。

十月二十日夜

きょうははじめて生駒山《いこまやま》を越えて、河内《かわち》の国高安《たかやす》の里のあたりを歩いてみた。山の斜面に立った、なんとなく寒ざむとした村で、西の方にはずっと河内の野が果てしなく拡《ひろ》がっている。

ここから二つ三つ向うの村には名だかい古墳群などもあるそうだが、そこまでは往《い》ってみなかった。そうして僕はなんの取りとめもないその村のほとりを、いまは山の向う側になって全く見えなくなった大和の小さな村々をなつかしそうに思い浮かべながら、ほんの一時間ばかりさまよっただけで、帰ってきた。

こないだ秋篠《あきしの》の里からゆうがた眺《なが》めたその山の姿になにか物語めいたものを感じていたので、ふと気まぐれに、そこまで往ってその昔の物語の匂《にお》いをかいできただけのこと。（そうだ、まだお前には書かなかったけれど、僕はこのごろはね、伊勢《いせ》物語なんぞの中にもこっそりと探りを入れているのだよ。……）

夕方、すこし草臥《くたび》れてホテルに帰ってきたら、廊下でばったり小説家のA君に出逢《であ》った。ゆうべ遅く大阪からこちらに着き、きょうは法隆寺へいって壁画の模写などを見てきたが、あすはまた京都へ往くのだといっている。連れがふたりいた。ひとりはその壁画の模写にたずさわっている奈良在住の画家で、もうひとりは京都から同道の若き哲学者である。みんなと一しょに僕も、自分の仕事はあきらめて、夜おそくまで酒場で駄弁《だべ》っていた。

十月二十一日夕

きょうはA君と若き哲学者のO君とに誘われるがままに、僕も朝から仕事を打棄《うっちゃ》って、一しょに博物館や東大寺をみてまわった。

午後からはO君の知っている僧侶《そうりょ》の案内で、ときおり僕が仕事のことなど考えながら歩いた、あの小さな林の奥にある戒壇院の中にもはじめてはいることができた。がらんとした堂のなかは思ったより真っ暗である。案内の僧があけ放してくれた四方の扉からも僅《わず》かしか光がさしこんでこない。壇上の四隅《よすみ》に立ちはだかった四天王の像は、それぞれ一すじの逆光線をうけながら、いよいよ神々《こうごう》しさを加えているようだ。

僕は一人きりいつまでも広目天《こうもくてん》の像のまえを立ち去らずに、そのまゆねをよせて何物かを凝視している貌《かお》を見上げていた。なにしろ、いい貌だ、温かでいて烈《はげ》しい。……

「そうだ、これはきっと誰か天平時代の一流人物の貌をそっくりそのまま模してあるにちがいない。そうでなくては、こんなに人格的に出来あがるはずはない。……」そうおもいながら、こんな立派な貌に似つかわしい天平びとは誰だろうかなあと想像してみたりしていた。

そうやって僕がいつまでもそれから目を放さずにいると、北方の多聞天《たもんてん》の像を先刻から見ていたA君がこちらに近づいてきて、一しょにそれを見だしたので、

「古代の彫刻で、これくらい、こう血の温かみのあるのは少いような気がするね。」

と僕は低い声で言った。

A君もA君で、何か感動したようにそれに見入っていた。が、そのうち突然ひとりごとのように言った。「この天邪鬼《あまのじやく》というのかな、こいつもこうやって千年も踏みつけられてきたのかとおもうと、ちょっと同情するなあ。」

僕はそう言われて、はじめてその足の下に踏みつけられて苦しそうに悶《もだ》えている天邪鬼に気がつき、A君らしいヒュウマニズムに頬笑《ほほえ》みながら、そのほうへもしばらく目を落した。……

数分後、戒壇院の重い扉が音を立てながら、僕たちの背後に鎖《とざ》された。再びあの真っ暗な堂のなかは四天王の像だけになり、其処には千年前の夢が急にいきいきと蘇《よみがえ》り出していそうなのに、僕は何んだか身の緊《しま》るような気がした。

それから僕たちは僧侶の案内で、東大寺の裏へ抜け道をし、正倉院がその奥にあるという、もの寂《さ》びた森のそばを過ぎて、畑などもある、人けのない裏町のほうへ歩いていった。

と、突然、僕たちの行く手には、一匹の鹿が畑の中から犬に追い出されながらもの凄《すご》い速さで逃げていった。そんな小さな葛藤《かっとう》までが、なにか皮肉な現代史の一場面のように、僕たちの目に映った。

十月二十三日、法隆寺に向う車窓で

きのうは朝から一しょう懸命になって、新規に小説の構想を立ててみたが、どうしても駄目だ。きょうは一つ、すべての局面転換のため、最後のとっておきにしていた法隆寺へ往って、こないだホテルで一しょに話した画家のSさんに壁画の模写をしているところでも見せてもらって、大いに自分を発奮させ、それから夢殿《ゆめどの》の門のまえにある、あの虚子《きょし》の「斑鳩《いかるが》物語」に出てくる、古い、なつかしい宿屋に上がって、そこで半日ほど小説を考えてくるつもりだ。

十月二十四日、夕方

きのう、あれから法隆寺へいって、一時間ばかり壁画を模写している画家たちの仕事を見せて貰《もら》いながら過ごした。これまでにも何度かこの壁画を見にきたが、いつも金堂《こんどう》のなかが暗い上に、もう何処もかも痛いたしいほど剥落《はくらく》しているので、殆《ほとん》ど何も分からず、ただ「かべのゑのほとけのくにもあれにけるかも」などという歌がおのずから口ずさまれてくるばかりだった。――それがこんど、金堂の中にはいってみると、それぞれの足場の上で仕事をしている十人ばかりの画家たちの背ごしに、四方の壁に四仏浄土を描いた壁画の隅々《すみずみ》までが蛍光燈《けいこうとう》のあかるい光のなかに鮮やかに浮かび上がっている。それが一層そのひどい剝落のあとをまざまざと見せてはいるが、そこに浮かび出てきた色調の美しいといったらない。画面全体にほのかに漂っている透明な空色が、どの仏たちのまわりにも、なんともいえず愉《たの》しげな雰囲気《ふんいき》をかもし出している。そうしてその仏たちのお貌だの、宝冠だの、天衣だのは、まだところどころの陰などに、目のさめるほど鮮やかな紅だの、緑だの、黄だの、紫だのを残している。西域《せいいき》あたりの画風らしい天衣などの緑いろの凹凸《おうとつ》のぐあいも言いしれず美しい。東の隅の小壁に描かれた菩薩《ぼさつ》の、手にしている蓮華《れんげ》に見入っていると、それがなんだか薔薇《ばら》の花かなんぞのような、幻覚さえおこって来そうになるほどだ。

僕は模写の仕事の邪魔をしないように、できるだけ小さくなって四壁の絵を一つ一つ見てまわっていたが、とうとうしまいに僕もSさんの櫓《やぐら》の上にあがりこんで、いま描いている部分をちかぢかと見せて貰った。そこなどは色もすっかり剝《は》げている上、大きな亀裂《きれつ》が稲妻《いなずま》形にできている部分で、そういうところもそっくりそのままに模写しているのだ。なにしろ、こんな狭苦しい櫓の上で、絵道具のいっぱい散らばった中に、身じろぎもならず坐《すわ》ったぎり、一日じゅう仕事をして、一寸平方位の模写しかできないそうだ。どうかすると何んにもない傷痕《きずあと》ばかりを描いているうちに一と月ぐらいはいつのまにか立ってしまうこともあるという。——そんな話を僕にしながら、その間も絶えずSさんは絵筆を動かしている。僕はSさんの仕事の邪魔をするのを怖《おそ》れ、お礼をいって、ひとりで櫓を下りてゆきながら、いまにもこの世から消えてゆこうとしている古代の痕《あと》をこうやって必死になってそのままに残そうとしている人たちの仕事に切ないほどの感動をおぼえた。……

それから金堂を出て、新しくできた宝蔵の方へゆく途中、子規《しき》の茶屋の前で、僕はおもいがけず詩人のH君にひょっくりと出逢った。ずっと新薬師寺に泊っていたが、あす帰京するのだそうだ。そうして僕がホテルにいるということをきいて、その朝訪ねてくれたが、もう出かけたあとだったので、こちらに僕も来ているとは知らずに、ひとりで法隆寺へやって来た由《よし》。——そこで子規の茶屋に立ちより、柿《かき》など食べながらしばらく話しあい、それから一しょに宝蔵を見にゆくことにした。

僕の一番好きな百済《くだら》観音は、中央の、小ぢんまりとした明かるい一室に、ただ一体だけ安置せられている。こんどはひどく優遇されたものである。が、そんなことにも無関心そうに、この美しい像は相変らずあどけなく頰笑まれながら、静かにお立ちになっていられる。……

しかしながら、このうら若い少女の細っそりとしたすがたをなすっていられる菩薩像は、おもえば、ずいぶん数奇《すき》なる運命をもたれたもうたものだ。――「百済観音」というお名称も、いつ、誰がとなえだしたものやら。が、それの示すごとく古朝鮮などから将来せられたという伝説もそのまま素直に信じたいほど、すべてが遠くから来たものの異常さで、そのうっとりと下脹《しもぶく》れした頬《ほお》のあたりや、胸のまえで何をそうして持っていたのだかも忘れてしまっているような手つきの神々しいほどのうつつなさ。もう一方の手の先きで、ちょいと軽くつまんでいるきりの水瓶《みずがめ》などはいまにも取り落しはすまいかとおもわれる。

この像はそういう異国のものであるというばかりではない。この寺にこうして漸《ようや》っと落ちつくようになったのは中古の頃で、それまでは末寺の橘寺《たちばなでら》あたりにあったのが、その寺が荒廃した後、此処《ここ》に移されてきたのだろうといわれている。その前はどこにあったのか、それはだれにも分からないらしい。ともかくも、流離というものを彼女たちの哀《かな》しい運命としなければならなかった、古代の気だかくも美しい女たちのように、この像も、その女身の美しさのゆえに、国から国へ、寺から寺へとさすらわれたかと想像すると、この像のまだうら若い少女のような魅力もその底に一種の犯し難い品を帯びてくる。……そんな想像にふけりながら、僕はいつまでも一人でその像をためつすがめつして見ていた。どうかすると、ときどき揺らいでいる瓔珞《ようらく》のかげのせいか、その口もとの無心そうな頬笑みが、いま、そこに漂ったばかりかのように見えたりすることもある。そういう工合なども僕にはなかなかありがたかった。……

それから次ぎの室で伎楽面《ぎがくめん》などを見ながら待っていてくれたH君に追いついて、一しょに宝蔵を出て、夢殿のそばを通りすぎ、その南門のまえにある、大黒屋という、古い宿屋に往って、昼食をともにした。

その宿の見はらしのいい中二階になった部屋で、田舎《いなか》らしい鳥料理など食べながら、新薬師寺での暮らしぶりなどをきいて、僕も少々うらやましくなった。が、もうすこし人並みのからだにしてからでなくては、そういう精進三昧《ざんまい》はつづけられそうもない。それからH君はこちらに滞在中に、ちか頃になく詩がたくさん書けたといって、いよいよ僕をうらやましがらせた。

四時ごろ、一足さきに帰るというH君を郡山《こおりやま》行きのバスのところまで見送り、それから僕は漸っとひとりになった。が、もう小説を考えるような気分にもなれず、日の暮れるまで、ぼんやりと斑鳩の里をぶらついていた。

しかし、夢殿の門のまえの、古い宿屋はなかなか哀れ深かった。これが虚子の「斑鳩物語」に出てくる宿屋。なにしろ、それはもう三十何年かまえの話らしいが、いまでもそのときとおなじ構えのようだ。もう半分家が傾いてしまっていて、中二階の廊下など歩くのもあぶない位になっている。しかしその廊下に立つと、見はらしはいまでも悪くない。大和の平野が手にとるように見える。向うのこんもりした森が三輪山《みわやま》あたりらしい。菜の花がいちめんに咲いていて、あちこちに立っている梨《なし》の木も花ざかりといった春さきなどは、さぞ綺麗《きれい》だろう。と、何んということなしに、そんな春さきの頃の、一と昔まえのいかるがの里の若い娘のことを描いた物語の書き出しのところなどが、いい気もちになって思い出されてくる。——しかし、いまはもうこの里も、この宿屋も、こんなにすっかり荒れてしまっている。夜になったって、筬《おさ》を打つ音で旅びとの心を慰めてくれるような若い娘などひとりもいまい。だが、きいてみると、ずっと一人きりでこの宿屋に泊り込んで、毎日、壁画の模写にかよっている画家がいるそうだ。それをきいて、僕もちょっと心を動かされた。一週間ばかりこの宿屋で暮らして、僕も仕事をしてみたら、もうすこしぴんとした気もちで仕事ができるかも知れない。

どのみち、きょうは夢殿や中宮寺《ちゅうぐうじ》なんぞも見損《みそこな》ったから、またあすかあさって、もう一遍出なおして来よう。そのときまでに決心がついたら、ホテルなんぞはもう引き払って来てもいい。……

そんな工合で、結局、なんにも構想をまとめずに、暗くなってからホテルに帰ってくると、僕は、夜おそくまで机に向って最後の努力を試みてみたが、それも空《むな》しかった。そうして一時ちかくなってから、半分泣き顔をしながら、寝床にはいった。が、昼間あれだけ気もちよげに歩いてくるせいか、よく眠れるので、愛想がつきる位だ。

——

けさはすこし寝坊をして八時起床。しかし、お昼もきょうはホテルでして、一日じゅう新らしいものに取りかかっていた。——こないだ折口博士の論文のなかでもって綺麗だなあとおもった葛《くず》の葉《は》という狐《きつね》の話。あれをよんでから、もっといろんな狐の話をよみたくなって、霊異記《りょういき》や今昔《こんじゃく》物語などを捜して買ってきてあったが、けさ起きしなにその本を手にとってみているうちに、そんな狐の話ではないが、そのなかの或《あ》る物語がふいと僕の目にとまった。

それは一人のふしあわせな女の物語。——自分を与え与えしているうちにいつしか自分を神にしていたようなクロオデル好みの聖女とは反対に、自分を与えれば与えるほどいよいよはかない境涯に堕《お》ちてゆかなければならなかった一人の女の、世にもさみしい身の上話。——そういう物語の女を見いだすと、僕はなんだか急に身のしまるような気もちになった。これならば幸先《さいさき》がよい。そういう中世のなんでもない女を描くのなら、僕も無理に背のびをしなくともいいだろう。こんやもう一晩、この物語をとっくりと考えてみる。

ジャケット届いた。本当にいいものを送ってくれた。けさなどすこうし寒かったので、一枚ぐらいジャケットを用意してくれればよかったとおもっていたところだ。こんやから早速《さっそく》着てやろう。

十月二十四日夜

ゆうがた、浅茅《あさじ》が原《はら》のあたりだの、ついじのくずれから菜畑などの見えたりしている高畑《たかばたけ》の裏の小径《こみち》だのをさまよいながら、きのうから念頭を去らなくなった物語の女のうえを考えつづけていた。こうして築土《ついじ》のくずれた小径を、ときどき尾花《おばな》などをかき分けるようにして歩いていると、ふいと自分のまえに女を捜している狩衣《かりぎぬ》すがたの男が立ちあらわれそうな気がしたり、そうかとおもうとまた、何処《どこ》かから女のかなしげにすすり泣く音がきこえて来るような気がして、おもわずぞっとしたりした。これならば好い。僕はいつなん時でも、このままうっとその物語の中にはいってゆけそうな気がする。……

この分なら、このままホテルにいて、ときどきここいらを散歩しながら、一週間ぐらいで書いてしまえそうだ。

十月二十五日夜

けさちょっと博物館にいっただけで、あとは殆ど部屋とヴェランダとで暮らしながら、小説の構想をまとめた。構想だけはすっかり出来た。いま細部の工夫などを愉しんでやっている。日暮れごろ、また高畑のほうへ往って、ついじの崩れのあるあたりを歩いてきた。尾花が一めんに咲きみだれ、もう葉の黄ばみだした柿の木の間から、夕月がちらりと見えたり、三笠山《みかさやま》の落ちついた姿が渋い色をして見えたりするのが、何んともいえずに好い。晩秋から初冬へかけての、大和路はさぞいいだろうなあと、つい小説のほうから心を外《そ》らして、そんな事を考え出しているうちに、僕は突然或る決心をした。——僕はやはり二三日うちに、荷物はこのまま預けておいて、ホテルを引き上げよう。しかし、いかるがの宿に籠《こ》もるのではない。東京へ帰る。そうしておまえの傍で、心しずかにこの仕事に向い、それを書き上げてから、もう一度、十一月のなかば過ぎにこちらに来ようというのだ。そうして大和路のどこかで、秋が過ぎて、冬の来るのを見まもっていたい。都合がついたら、おまえも一しょにつれて来よう。どうもいまこうして奈良にいると、一日じゅう仕事に没頭しているのが何んだかもったいなくなって、つい何処かへ出かけてみたくなる。何処へいっても、すぐもうそこには自分の心を豊かにするものがあるのだからなあ。しかし、昼間はそうやって歩きまわり、夜は夜で、落ちついてゆうべの仕事をつづけるなんという真似《まね》のできない僕のことだから、いっそこのまま出来かけの仕事をもって東京へ帰った方がいいのではないか、とまあそんな事も一とおりは考えに入れたうえの決心なのだ。

僕はホテルに帰ってくると、また気のかわらないうちにとおもって、すぐ帳場にそのことを話し、しあさっての汽車の切符を買っておいて貰《もら》うことにした。

十月二十六日、斑鳩《いかるが》の里にて

きょうはめずらしくのんびりした気もちで、汽車に乗り、大和平《やまとだいら》をはすに横ぎって、佐保川《さほがわ》に沿ったり、西《にし》の京《きょう》のあたりの森だの、その中ほどにくっきりと見える薬師寺の塔だのをなつかしげに眺《なが》めながら、法隆寺駅についた。僕は法隆寺へゆく松並木の途中から、村のほうへはいって、道に迷ったように、わざと民家の裏などを抜けたりしているうちに、夢殿《ゆめどの》の南門のところへ出た。そこでちょっと立ち止まって、まんまえの例の古い宿屋をしげしげと眺め、それから夢殿のほうへ向った。

夢殿を中心として、いくつかの古代の建物がある。ここいらは厩戸皇子《うまやどのおうじ》の御住居のあとであり、向うの金堂や塔などが立ち並んでおのずから厳粛な感じのするあたりとは打って変って、大いになごやかな雰囲気《ふんいき》を漂わせていてしかるべき一廓《いっかく》。――だが、この二三年、いつ来てみても、何処か修理中であって、まだ一度もこのあたりを落ちついた気もちになって立ちもとおったことがない。
いまだにそのまわりの伝法堂などは板がこいがされているが、このまえ来たとき無慙《むざん》にも解体されていた夢殿だけは、もうすっかり修理ができあがっていた。……
そこで僕はときどきその品のいい八角形をした屋根を見あげ見あげ、そこの小ぢんまりとした庭を往《い》ったり来たりしながら、
ゆめどのはしづかなるかなものもひにこもりていまもましますがごと
義疏《ぎそ》のふでたまたまおきてゆふかげにおりたたしけむこれのふるには
そんな「鹿鳴集《ろくめいしゅう》」の歌などを口ずさんでは、自分の心のうちに、そういった古代びとの物静かな生活を蘇《よみがえ》らせてみたりしていた。
僕は漸《ようや》く心がしずかになってから夢殿のなかへはいり、秘仏を拝し、そこを出ると、再び板がこいの傍をとおって、いかにも虔《つつ》ましげに、中宮寺の観音を拝しにいった。
――
それから約三十分後には、僕は何か赫《かがや》かしい目つきをしながら、村を北のほうに抜

け出し、平郡《へぐり》の山のふもと、法輪寺《ほうりんじ》や法起寺《ほっきじ》のある森のほうへぶらぶらと歩き出していた。

ここいら、古くはいかるがの里と呼ばれていたあたりは、その四囲の風物にしても、又、その寺や古塔にしても、推古時代の遺物がおおいせいか、一種蒼古《そうこ》な気分をもっているようにおもわれる。或《ある》いは厩戸皇子のお住まいになられていたのがこのあたりで、そうしてその中心に夢殿があり、そこにおける真摯《しんし》な御思索がそのあたりのすべてのものにまで知らず識《し》らずのうちに深い感化を与え出していたようなことがあるかも知れない。そうしてこのあたりの山や森などはもっとも早く未開状態から目覚《めざ》めて、そこに無数に巣くっていた小さな神々を追い出し、それらの山や森を朝夕うちながめながら暮らす里人たちは次第に心がなごやかになり、生きていることのよろこびをも深く感ずるようになりはじめていた。……

そうだ、僕はもうこれから二三年勉強した上でのことだが、日本に仏教が渡来してきて、その新らしい宗教に次第に追いやられながら、遠い田舎のほうへと流浪《るろう》の旅をつづけ出す、古代の小さな神々の侘《わ》びしいうしろ姿を一つの物語にして描いてみたい。それらの流謫《るたく》の神々にいたく同情し、彼等をなつかしみながらも、新らしい信仰に目ざめてゆく若い貴族をひとり見つけてきて、それをその小説の主人公にするのだ。なかなか好いものになりそうではないか。

行く手の森の上に次ぎ次ぎに立ちあらわれてくる法輪寺や法起寺の小さな古塔を目にしながら、そんな小説を考え考え、そこいらの田圃《たんぼ》の中を歩いていると、僕はなんともいえず心なごやかな、いわばパストラアルな気分にさえなり出していた。

十月二十七日、琵琶湖にて

けさ奈良を立って、ちょっと京都にたちより、往きあたりばったりにはいった或る古本屋で、リルケが「ぽるとがる文《ぶみ》」などと共に愛していた十六世紀のリヨンびとルイズ・ラベという薄倖《はっこう》の女詩人のかわいらしい詩集を見つけて、飛びあがるようになって喜んで、途中、そのなかで、

「ゆうべわが臥床《ふしど》に入りて、いましも甘き睡《ねむ》りに入らんとすれば、わが魂はわが身より君が方にとあくがれ出《い》ず。しかるときは、われはわが胸に君を掻《か》きいだきいるがごとき心ちす、ひねもす心も切に恋いわたりいし君を。ああ、甘き睡りよ、われを欺《たばか》りてなりとも慰めよ。うつつにては君に逢《あ》いがたきわれに、せめて恋いしき幻をだにひと夜与えよ。」

という哀婉《あいえん》な一章などを拾い読みしたりしつつ、午過《ひるす》ぎ、やっと近江《おうみ》の湖《うみ》にきた。

ここで、こんどの物語の結末――あの不しあわせな女がこの湖のほとりでむかしの男と再会する最後の場面――を考えてから、あすは東京に帰るつもりだ。

いま、ちょっと近所の小さな村を二つ三つ歩いてきてみた。どこの人家の垣根にも、茶の花がしろじろと咲いていた。これで、昼の月でもほのかに空に浮かんでいたら満点だが。――

古墳

J兄

この秋はずっと奈良に滞在していましたが、どうも思うように仕事がはかどらず、とうとうその仕事をかたづけるためにしばらく東京に舞いもどっていました。それからすぐまたこちらに来るつもりでいましたが、すこし無理をして仕事をしたため、そのあとがひどく疲れて一週間ばかり寐《ね》たり何かしているうちに、つい出そびれて、やっと十二月になってこちらに来たような始末です。この七日にはどうしても帰京しなければならない用事がある上、こんどはどうしても倉敷《くらしき》の美術館にいってエル・グレコの「受胎告知」を見てきたいので、奈良には三四日しかいられないことになりました。まるでこの秋ホテルに預けておいた荷物をとりにだけきたような恰好《かっこう》です。

でも、そんな三四日だって、こちらでもって自分の好きなように過ごすことができるのだとおもうと、たいへん幸福でした。僕は一日の夜おそくホテルに着いてから、さあ、あすからどうやって過ごそうかと考え出すと、どうも往《い》ってみたいところが沢山ありすぎて困ってしまいました。そこで僕はそれを二つの「方」に分けてみました。一つの「方」には、まだ往ったことのない室生寺《むろうじ》や聖林寺《しょうりんじ》、それから浄瑠璃寺《じょうるりじ》などがあります。もう一つの「方」は、飛鳥《あすか》の村々や山の辺《やまのべ》の道《みち》のあたり、それから瓶原《みかのはら》のふるさとなどで、そんないまは何んでもなくなっているようなところをぼんやり歩いてみたいとも思いました。こんどはそのどちらか一つの「方」だけで我慢することにして、その選択はあすの朝の気分にまかせることにして寐床《ねどこ》にはいりました。……

翌朝、食堂の窓から、いかにも冬らしくすっきりした青空を見ていますと、なんだかもう此処《ここ》にこうしているだけでいい、何処《どこ》にも出かけなくったっていいと、そんな欲のない気もちにさえなり出した位ですから、勿論《もちろん》、めんどうくさい室生寺ゆきなどは断念しました。そうして十時ごろやっとホテルを出て、きょうはさしあたり山の辺の道ぐらいということにしてしまいました。三輪山《みわやま》の麓《ふもと》をすこし歩きまわってから、柿本人麻呂《かきのもとのひとまろ》の若いころ住んでいたといわれる穴師《あなし》の村を見に纏向山《まきむくやま》のほうへも往ってみたりしました。このあたり一帯の山麓《さんろく》には名もないような古墳が群らがっているということを聞いていたので、それでも見ようとおもっていたのだけれど、どちらに向って歩いてみても、丘という丘が蜜柑畑《みかんばたけ》で、若い娘たちが快活そうに唄《うた》い唄い、鋏《はさみ》の音をさせながら蜜柑を採っているのでした。何か南国的といいたいほど、明かるい生活気分にみちみちているようなのが、僕にはまったくおもいがけなく思われました。――が、そういう蜜柑山の殆《ほとん》どすべてが、ことによったら古代の古墳群のあとなのかも知れません。そんな想像が僕の好奇心を少しくそそのかしました。

次ぎの日――きのうは、恭仁京《くにのみや》の址《あと》をたずねて、瓶原にいって一日じゅうぶらぶらしていました。ここの山々もおおく南を向き、その上のほうが蜜柑畑になっていると見え、静かな林のなかなどを、しばらく誰にも逢《あ》わずに山のほうに歩いていると、突然、上のほうから蜜柑をいっぱい詰めた大きな籠《かご》を背負った娘たちがきゃっきゃっといいながら下りてくるのに驚かされたりしました。ながいこと山国の寒く痩《や》せさらぼうたような冬にばかりなじんで来たせいか、どうしても僕には此処はもう南国に近いように思われてなりませんでした。だが、また山の林の中にひとりきりにされて、急にちかぢかと見えだした鹿脊山《かせやま》などに向っていると、やはり山べの冬らしい気もちにもなりました。……

きょうは、朝のうちはなんだか曇っていて、急に雪でもふり出しそうな空合いでしたが、最後の日なので、おもいきって飛鳥ゆきを決行しました。が、畝傍山《うねびやま》のふもとまで来たら、急に日がさしてきて、きのうのように気もちのいい冬日和《ふゆびより》になりました。三年まえの五月、ちょうど桐《きり》の花の咲いていたころ、君といっしょにこのあたりを二日つづけて歩きまわった折のことを思い出しながら、大体そのときと同じ村々をこんどは一人きりで、さも自分のよく知っている村かなんぞのような気やすさで、歩きまわって来ました。が、帰りみち、途中で日がとっぷりと昏《く》れ、五条野《ごじょうの》あたりで道に迷ったりして、やっと月あかりのなかを岡寺《おかでら》の駅にたどりつきました。……

あすは朝はやく奈良を立って、一気に倉敷を目ざして往くつもりです。よほど決心をしてかからないことには、このままこちらでぶらぶらしてしまいそうです。見たいものはそれは一ぱいあるのですから。だが、こんどはどうあっても僕はエル・グレコの絵を見て来なければなりません。なぜ、そんなに見て来なければならないような気もちになってしまったのか、自分でもよく分かりません。僕のうちの何物かがそれを僕に強く命ずるのです。それにどういうものか、こんどそれを見損《みそこな》ったら、一生見られないでしまうような焦躁《しょうそう》のようなものさえ感ぜられるのです。――で、僕は朝おきぬけにホテルを立てるようにすっかり荷物をまとめ、それからやっと落ちついた気もちになって、君にこの手紙を書き出しているのです。こんどこちらにちょっと来ているうちにいろいろ考えたこと――というより、三年まえに君と同道してこの古い国をさまよい歩いたときから僕のうちに萌《きざ》しだした幾つかの考えのうちでも、まあどうやらこうやら恰好のつきだしているものを、ともかくも一応君にだけでも報告しておきたいと思うのです。

＊＊＊

その三年前のこと、僕はいままでの仕事にも一段落ついたようなので、これから新らしい仕事をはじめるため、一種の気分転換に、ひとりで大和路《やまとじ》をぶらぶらしながら、そのあたりのなごやかな山や森や村などを何んということなしに見てまわって来るつもりでした。それが急に君と同伴することになり、いきおい古美術に熱心な君にひきずられて、僕までも一しょう懸命になって古い寺や仏像などを見だし、そして僕の旅《りょ》嚢《のう》はおもいがけなくも豊かにされたのでした。きょう僕がいろいろな考えのままに歩いてきた飛鳥《あすか》の村々にしたって、この前君と同道していなかったら、きょうのようには好い収穫を得られなかったのではないかと思います。もし僕ひとりきりだったら、僕はただぼんやりと飛鳥川だの、そのあたりの山や丘や森や、そのうえに拡《ひろ》がった気もちのいい青空だのを眺《なが》めながら、愉《たの》しい放浪児のように歩きまわっていただけだったでしょう。――が、君に引っぱってゆかれるまま、僕はそんなものをついぞ見ようとも思わなかった古墳だの、廃寺のあとに残っている礎石だのを、初夏の日ざしを一ぱいに浴びながら見てまわったりしました。そのときはあんまり引っぱりまわされたので少し不平な位でした。しかし、どうもいまになって考えてみると、そのとき君のあとにくっついて何気なく見たりしていたもののうちには、その後何かと思い出されて、いろいろ僕に役立ったものも少くはないようです。あの菖蒲池《あやめいけ》古墳のごときは、君のおかげで僕の知った古墳ですが、あれなどはもっとも忘れがたいもののひとつでありましょう。

そうです、そのときはまず畝傍山の松林の中を歩きまわり、久米寺《くめでら》に出、それから軽《かる》や五条野などの古びた村を過ぎ、小さな池（それが菖蒲池か）のあった丘のうえの林の中を無理に抜けて、その南側の中腹にある古墳のほうへ出たのでしたね。――古代の遺物である、筋のいい古墳というものを見たのは僕にはそれがはじめてでした。丘の中腹に大きな石で囲った深い横穴があり、無慙《むざん》にもこわされた入口（いまは金網がはってある……）からのぞいてみると、その奥の方に石棺らしいものが二つ並んで見えていました。その石棺もひどく荒らされていて、奥の方のにはまだ石の蓋《ふた》がどうやら原形を留《とど》めたまま残っていますが、手前にある方は蓋など見るかげもなく毀《こわ》されていました。

この古墳のように、夫婦をともに葬《ほうむ》ったのか、一つの石廓《せきかく》のなかに二つの石棺を並べてあるのは比較的に珍らしいこと、すっかり荒らされている現在の状態でも分かるように、これらの石棺はかなり精妙に古代の家屋を模してつくられているが、それはずっと後期になって現われた様式であること、それからこの石棺の内部は乾漆になっていたこと、そして一めんに朱で塗られてあったと見え、いまでもまだところどころに朱の色が鮮やかに残っているそうであること、——そういう細かいことまでよく調べて来たものだと君の説明を聞いて僕は感心しながらも、さりげなさそうな顔つきをしてその中をのぞいていました。その玄室《げんしつ》の奥ぶかくから漂ってくる一種の湿《じ》め湿《じ》めとした気とともに、原始人らしい死の観念がそのあたりからいまだに消え失《う》せずにいるようで、僕はだんだん異様な身ぶるいさえ感じ出していました。——やっとその古墳のそばを離れて、その草ふかい丘をずんずん下りてゆくと、すぐもう麦畑の向うに、橘寺《たちばなでら》のほうに往くらしい白い道がまぶしいほど日に赫《かがや》きながら見え出しました。僕たちはそれからしばらく黙りあって、その道を橘寺のほうへ歩いてゆきました。……

＊＊＊

そうやって君と一しょにはじめて見たその菖蒲池古墳、——そのときはなんだか荒《すさ》んだ古墳らしい印象を受けただけのように思っていましたが、だんだん月日が立って何かの折にそれを思い出したりしているうちに、そのいかにもさりげなさそうに一ぺん見たきりの古墳が、どういうものか、僕の心のうちにいつも一つの場所を占めているようになって来ました。——いわば、それは僕にとっては古代人の死に対する観念をひとつの形象にして表わしてくれているようなところがあるのでありましょう。いつごろからそういう古代人の死の考えかたなどに僕が心を潜めるようになったかと云《い》いますと、それは万葉集などをひらいて見るごとに、そこにいくつとなく見出《みいだ》される挽歌《ばんか》の云うに云われない美しさに胸をしめつけられることの多いがためでした。このごろ漸《ようや》くそういう挽歌の美しさがどういうところから来ているかが分かりかけて来たような気がします。

先《ま》ず、古代人の死に対する考えかたを知るために、あの菖蒲池古墳についてかんがえてみます。あの古墳に見られるごとき古代の家屋をいかにも真似《まね》たような石棺様式、——それはそのなかに安置せらるべき死者が、死後もなおずっとそこで生前とほとんど同様の生活をいとなむものと考えた原始的な他界信仰のあらわれ、或《ある》いはその信仰の継続でありましょう。しかし、僕たちが見たその古墳のように、その切妻形《きりづまがた》の屋根といい、浅く彫上げてある柱といい、いかにもその家屋の真似が精妙になってきだすのと前後して、突然、そういう立派な古墳というものがこの世から姿を消してしまうことになったのです。これはなかなか面白い現象のようです。勿論、それには他からの原因もいろいろあったでしょう。だが、そういう現象を内面的に考えてみても考えられないことはない。つまり、そういう精妙な古墳をつくるほど頭脳の進んで来た古代人は、それと同時にまた、もはや前代の人々のもっていたような素朴な他界信仰からも完全にぬけ出してきたのです。――一方、火葬や風葬などというものが流行《はや》ってきて、彼等のあいだには死というものに対する考えかたがぐっと変って来ました。それがどういう段階をなして変っていったかということが、万葉集などを見ているとよく分かるような気もちがします。……

たとえば、巻二にある人麻呂の挽歌。――自分のひそかに通っていた軽の村の愛人が急に死んだ後、或る日いたたまれないように、その軽の村に来てひとりで懊悩《おうのう》する、そのおりの挽歌でありますが、その長歌が「……軽《かる》の市《いち》にわが立ち聞けば、たまだすき畝傍の山に鳴く鳥の声も聞えず。たまぼこの道行く人も、ひとりだに似るが行かねば、すべをなみ、妹《いも》が名呼びて袖《そで》ぞ振りつる」と終わると、それがこういう二首の反歌でおさめられてあります。

秋山《あきやま》の黄葉《もみぢ》を茂み迷《まど》はせる妹を求めむ山路《やまぢ》知らずも
もみぢ葉《ば》の散りゆくなべにたまづさの使《つかひ》を見れば逢ひし日思《おも》ほゆ

丁度、晩秋であったのでありましょう。彼がそうやって懊悩しながら、軽の村をさまよっていますと、おりから黄葉がしきりと散っております。ふと見上げてみると、山という山がすっかり美しく黄葉している。それらの山のなかに彼の愛人も葬られているのにちがいないが、それはどこいらであろうか。そんな山の奥ぶかくに、彼女がまだ生前とすこしも変らない姿で、なんだか道に迷ったような様子をしてさまよいつづけているような気もしてならない。だが、それが山のどこいらであるのか全然わからないのだ。……

そんなことを考えつづけていると、突然、誰か落葉を踏みながら自分のほうに足早に近づいてくるものがある。見ると、文《ふみ》を挿《はさ》んだ梓《あずさ》の木を手にした文使《ふづか》いである。ふいと愛人の文を自分に届けに来たような気がして、おもわず胸をおどらせながら立ち止まっていると、落葉の音だけをあとに残してその文使いは自分の傍を過ぎていってしまう。突然、亡《な》き愛人と逢った日の事などが苦しいほど胸をしめつけてくる。

そういう情景がいかにもまざまざと目の前に蘇《よみがえ》って来るようであります。それだけで好い。その軽の村がどういうところであるかも、その歌がおのずから彷彿《ほうふつ》せしめている。その藤原京《ふじわらきょう》のころには、京にちかい、この軽のあたりには寺もあり、森もあり、池もあり、市《いち》などもあったようであります。その死んだ愛人などもよくその市に出て、人なかを歩いたりしたこともあったらしい。そしてその路《みち》からは畝傍山がまぢかに見え、そのあたりには鳥などもむらがり飛んでいたのでありましょう、――今もまだその軽の村らしいものが残っております。その名を留めている現在の村は、藪《やぶ》の多い、見るかげもなく小さな古びた部落になり果てていますが、それだけに一種のいい味があって、そこへいま往《い》ってみても決して裏切られるようなことはありません。

低い山がいくつも村の背後にあります。そういう低い山が急に村の近くで途切れてから、それがもう一ぺんあちこちで小丘になったり、森になったり、藪になったりしているような工合の村です。そういう村の地形を考えに入れながら、もう一ぺんさっきの歌を味わってみると、一層そのニュアンスが分かって来るような気がします。

すこし横道にそれてしまいましたので、本題に立ちかえりましょう。僕はその人麻呂の挽歌――就中《なかんずく》その第一の反歌のなかに見られる、死に対する観念をかんがえてみようとしていたのでした。

秋山の黄葉あはれとうらぶれて入りにし妹は待てど来まさず

これは巻七の雑《くさぐさ》の挽歌のなかに出ている作者不詳のものであります。非常に人麻呂の歌と似ていて、その影響をたぶんに受けて出来たものとおもわれますが、とにかくそれで見ても、こういうような愛する者の死に対する思想が、たいへん当時の人々に気に入られたということが分かるのであります。――その当時はもう原始的な他界信仰から脱して人々は漸くわれわれと殆《ほとん》ど同じような生と死との観念をもちはじめていたのにちがいありません。だが、自分の愛しているものでも死んだような場合には、死後もなお彼女が在りし日の姿のまま、その葬られた山の奥などをしょんぼりとさすらっているような切ない感じで、その死者のことが思い出されがちでありましょう。そういう考え方は嘗《か》つての他界信仰の名残《なご》りのようなものをおおく止《とど》めておりますが、半ばそれを否定しながらも、半ばそれを好んで受け入れようとしている、――すくなくとも心のうえではすっかりそれを受け入れてしまっているのであります。そうしてまた一方では、そういう愛人の死後の姿をできるだけ美化しようとする心のはたらきがある。……そういうさまざまな心のはたらきが、ほとんど無意識的に行われて、なんの造作もなくすうっと素直に歌になったところに、万葉集のなかのすべての挽歌のいい味わいがあるのだろうと思われます。

軽の村の愛人の死をいたんだ歌とならんで、もう一首、人麻呂がもうひとりの愛人(こちらの愛人とは同棲《どうせい》をし、子まであった)の死を悲しんだ歌があり、それにも死者に対する同様の考えかたが見られます。「……大鳥《おほとり》の羽《は》がひの山に、わが恋ふる妹はいますと人のいへば、岩根《いはね》さくみてなづみ来し、よけくもぞなき。現身《うつそみ》とおもひし妹が、玉かぎるほのかにだにも見えぬ、思へば。」――人は死んでしばらくの間は山の奥などに生きているときとすこしも変らない姿をして暮らしているものだと、老人などのいうことを聞いて、亡くなった妻恋いしさのあまりに、もしやとおもって、岩を踏み分けながら、骨を折って山のなかを捜してみたが、それも空《むな》しかった。ひょっとしたら在りし日さながらの妻の姿をちらりとでも見られはすまいかと思っていたが、ほんの影さえも見ることができなかった。――これはその長歌《ちょうか》の後半をなしている部分ですが、ここにも人麻呂の死に対する同様の観念があらわれております。――すこしそれが露骨に出すぎている位で、いかにも情趣のふかい前の歌ほど僕は感動をおぼえません。でも、「大鳥の羽がひの山」などというその山の云いあらわしかたには一種の同情をもちます。翼を交叉《こうさ》させている一羽の大きな鳥のような姿をした山、――何処《どこ》にあるのだか分からないけれど、なんだかそんな姿をした山が何処かにありそうな気がする、そんな心象を生じさせるだけでもこの山の名ひとつがどんなに歌全体に微妙に利《き》いているか分かりません。いろいろな学者が「大鳥の」を枕詞《まくらことば》として切り離し、「羽買山《はがひやま》」だけの名をもった山をいろいろな文献の上から春日山《かすがやま》の附近に求めながら、いまだにはっきり分からないでいるようであります。勿論《もちろん》、学としてはそういう努力が大切でありましょうが、これを歌として味わう上からは、そういう羽買山ではなしに、何処かにありそうな、大きな鳥の翼のような形をした山をただぼんやりと浮かべてみているだけの方がいいような気がするのです。……

僕は数年まえ信濃《しなの》の山のなかでさまざまな人の死を悲しみながら、リルケの「Requiem《レクイエム》」をはじめて手にして、ああ詩というものはこういうものだったのかとしみじみと覚《さと》ったことがありました。——そのときからまた二三年立ち、或《あ》る日万葉集に読みふけっているうちに一聯《いちれん》の挽歌に出逢い、ああ此処にもこういうものがあったのかとおもいながら、なんだかじっとしていられないような気もちがし出しました。それから僕は徐《しず》かに古代の文化に心をひそめるようになりました。それまでは信濃の国だけありさえすればいいような気のしていた僕は、いつしかまだすこしも知らない大和《やまと》の国に切ないほど心を誘われるようになって来ました。……

＊＊＊

そういうようにして漸《ようや》っとはじめて大和路に来た三年前のこと、君と一しょに見た、菖蒲池古墳《あやめいけ》のことから、つい考えのまにまに思わぬことを長ながと書いてしまいましたが、別に最初からどういうことを書こうかと考えて書き出したわけのものでもないので、これはこれとしてお読み下さい。

——でも、最初まあそんなものでも書こうとしかけていた僕のきょうの行程を続けてみますと、そうやって軽のあたりをさまよった後、剣《つるぎ》の池《いけ》のほうに出て、それから藁塚《わらづか》のあちこちに堆《うずたか》く積まれている苅田《かりた》のなかを、香具山《かぐやま》や耳成山《みみなしやま》をたえず目にしながら歩いているうちに、いつか飛鳥川《あすかがわ》のまえに出てしまいました。ここいらへんはまだいかにも田舎《いなか》じみた小川です。が、すこしそれに沿って歩いていますと、すぐもう川の向うに雷《いかずち》の村が見えてきました。土橋があって、ちょっといい川原になっています。僕はそこまで下りて、小さな石に腰かけながら浅いながれに目をそそいでいました。なんだか鶺鴒《せきれい》でもぴょんぴょん跳《は》ねていたら似合うだろうとおもうような、なんでもない景色です。それから僕は飛鳥の村のほうへ行く道をとらずに、甘橿《あまがし》の丘の縁《ふち》を縫いながら、川ぞいに歩いてゆきました。ここいらからはしばらく飛鳥川もたいへん好《よ》い。このまえ五月に君と一しょに歩いたときからよほど僕の気に入ったものと見えます。あのときにはあそこの丘の端に桐《きり》の花が咲いていた。このへんの道ばたには一もと野茨《のいばら》の花も咲いていたと、そんな小さな思い出までも浮かんでくる位なのです。……

こんなことをまた書き出していたらきりがありません。もう思いきってここいらで筆をおきます。——その日の夕がた、最後のバスに乗りおくれた僕はしようがなく橘寺をうしろにして一人でてくてく歩き出しました。途中で夕焼けになり、南のほうに並んでいる真弓《まゆみ》の丘などが非常に綺麗《きれい》に見えました。それから僕はせっかくその前まで来ているのだからと思って、菖蒲池古墳のある丘を捜してそこまで上がっていって見ました。が、その古墳の前まで辿《たど》りついたときにはもう日がとっぷりと昏《く》れて、石廓のなかはほとんど何も見えない位でした。それでも僕はバスに乗りおくれたばかりにもう一度それが見られて反《かえ》って好いことをしたと思いながら、もと来た道に引っかえして再び駅のほうへ薄暮のなかを歩いてゆきました。それからまた五条野《ごじょうの》のあたりで道に迷って、やっと駅に着いたときは月の光を背に浴びていたことは前にも書きました。

もう大ぶ夜もふけたようです。あすからの旅のことを思いながら、ちょっと部屋の窓をあけてみたら、凄《すご》いような月の光のなかに、荒池《あらいけ》がほとんど水を涸《か》らしてところどころ池の底のようなものさえ無気味に見せています。僕はなんということもなしに複製で見たエル・グレコの絵を浮かべました。——こんやはどうも寝たくはないような晩だけれども、あすの朝は早いのだし、それに四時間ばかり汽車にも乗らなければならないのだから、なんとかうまくあやして自分を寝つかせましょう。

十二月四日、奈良ホテルにて

浄瑠璃寺《じょうるりじ》の春

この春、僕はまえから一種の憧《あこが》れをもっていた馬酔木《あしび》の花を大和路《やまとじ》のいたるところで見ることができた。

そのなかでも一番印象ぶかかったのは、奈良へ着いたすぐそのあくる朝、途中の山道に咲いていた蒲公英《たんぽぽ》や薺《なずな》のような花にもひとりでに目がとまって、なんとなく懐《なつ》かしいような旅びとらしい気分で、二時間あまりも歩きつづけたのち、漸《ようや》っとたどりついた浄瑠璃寺の小さな門のかたわらに、丁度いまをさかりと咲いていた一本の馬酔木をふと見いだしたときだった。

最初、僕たちはその何んの構えもない小さな門を寺の門だとは気づかずに危く其処《そこ》を通りこしそうになった。その途端、その門の奥のほうの、一本の花ざかりの緋桃《ひもも》の木のうえに、突然なんだかはっとするようなもの、――ふいとそのあたりを翔《か》け去ったこの世ならぬ美しい色をした鳥の翼のようなものが、自分の目にはいって、おやと思って、そこに足を止めた。それが浄瑠璃寺の塔の銹《さび》ついた九輪《くりん》だったのである。

なにもかもが思いがけなかった。――さっき、坂の下の一軒家のほとりで水菜を洗っていた一人の娘にたずねてみると、「九体寺《くたいじ》やったら、あこの坂を上りなはって、二丁ほどだす」と、そこの家で寺をたずねる旅びとも少くはないと見えて、いかにもはきはきと教えてくれたので、僕たちはそのかなり長い急な坂を息をはずませながら上りきって、さあもうすこしと思って、僕たちの目のまえに急に立ちあらわれた一かたまりの部落とその菜畑を何気なく見過ごしながら、心もち先きをいそいでいた。あちこちに桃や桜の花がさき、一めんに菜の花が満開で、あまつさえ向うの藁屋根《わらやね》の下からは七面鳥の啼《な》きごえさえのんびりと聞えていて、――まさかこんな田園風景のまったただ中に、その有名な古寺が――はるばると僕たちがその名にふさわしい物古りた姿を慕いながら山道を骨折ってやってきた当の寺があるとは思えなかったのである。

……

「なあんだ、ここが浄瑠璃寺らしいぞ。」僕は突然足をとめて、声をはずませながら言った。「ほら、あそこに塔が見える。」

「まあ本当に……」妻もすこし意外なような顔つきをしていた。

「なんだかちっともお寺みたいではないのね。」

「うん。」僕はそう返事ともつかずに言ったまま、桃やら桜やらまた松の木の間などを、その突きあたりに見える小さな門のほうに向って往《い》った。何処《どこ》かでまた七面鳥が啼いていた。

その小さな門の中へ、石段を二つ三つ上がって、はいりかけながら、「ああ、こんなところに馬酔木が咲いている。」と僕はその門のかたわらに、丁度その門と殆《ほとん》ど同じくらいの高さに伸びた一本の灌木《かんぼく》がいちめんに細かな白い花をふさふさと垂《た》らしているのを認めると、自分のあとからくる妻のほうを向いて、得意そうにそれを指さして見せた。

「まあ、これがあなたの大好きな馬酔木の花？」妻もその灌木のそばに寄ってきながら、その細かな白い花を仔細《しさい》に見ていたが、しまいには、なんということもなしに、そのふっさりと垂れた一と塊《かたま》りを掌のうえに載せたりしてみていた。

どこか犯しがたい気品がある、それでいて、どうにでもしてそれを手折《たお》って、ちょっと人に見せたいような、いじらしい風情《ふぜい》をした花だ。云わば、この花のそんなところが、花というものが今よりかずっと意味ぶかかった万葉びとたちに、ただ綺麗《きれい》なだけならもっと他にもあるのに、それらのどの花にも増して、いたく愛せられていたのだ。——そんなことを自分の傍《そば》でもってさっきからいかにも無心そうに妻のしだしている手まさぐりから僕はふいと、思い出していた。

「何をいつまでもそうしているのだ。」僕はとうとうそう言いながら、妻を促した。

僕は再び言った。「おい、こっちにいい池があるから、来てごらん。」

「まあ、ずいぶん古そうな池ね。」妻はすぐついて来た。「あれはみんな睡蓮《すいれん》ですか？」

「そうらしいな。」そう僕はいい加減な返事をしながら、その池の向うに見えている阿弥陀堂《あみだどう》を熱心に眺《なが》めだしていた。


阿弥陀堂へ僕たちを案内してくれたのは、寺僧ではなく、その娘らしい、十六七の、ジャケット姿の少女だった。

うすぐらい堂のなかにずらりと並んでいる金色《こんじき》の九体仏《くたいぶつ》を一わたり見てしまうと、こんどは一つ一つ丹念にそれを見はじめている僕をそこに残して、妻はその寺の娘とともに堂のそとに出て、陽《ひ》あたりのいい縁さきで、裏庭の方かなんぞを眺めながら、こんな会話をしあっている。

「ずいぶん大きな柿《かき》の木ね。」妻の声がする。

「ほんまにええ柿の木やろ。」少女の返事はいかにも得意そうだ。

「何本あるのかしら？　一本、二本、三本……」

「みんなで七本だす。七本だすが、沢山に成りまっせ。九体寺の柿やいうてな、それを目あてに、人はんが大ぜいハイキングに来やはります。あてが一人で捥《も》いで上げるのだすがなあ、そのときのせわしい事やったらおまへんなあ。」

「そうお。その時分、柿を食べにきたいわね。」

「ほんまに、秋にまたお出《い》でなはれ。この頃は一番あきまへん。なあも無うて……」

「でも、いろんな花がさいていて。綺麗ね……」

「そうだす。いまはほんまに綺麗やろ。そやけれど、あこの菖蒲《あやめ》の咲くころもよろしいおまっせ。それからまた、夏になるとなあ、あこの睡蓮が、それはそれは綺麗な花をさかせまっせ。……」そう言いながら、急に少女は何かを思い出したようにひとりごちた。「ああ、そやそや、葱《ねぎ》とりに往かにゃならんかった。」

「そうだったの、それは悪かったわね。はやく往ってらっしゃいよ。」

「まあ、あとでもええわ。」

それから二人は急に黙ってしまっていた。

僕はそういう二人の話を耳にはさみながら、九体仏をすっかり見おわると、堂のそとに出て、そこの縁さきから蓮池《はすいけ》のほうをいっしょに眺めている二人の方へ近づいていった。

僕は堂の扉を締めにいった少女と入れかかわりに、妻のそばになんということもなしに立った。

「もう、およろしいの？」

「ああ。」そう言いながら、僕はしばらくぼんやりと観仏に疲れた目を蓮池のほうへやっていた。

少女が堂の扉を締めおわって、大きな鍵《かぎ》を手にしながら、戻ってきたので、

「どうもありがとう。」と言って、さあ、もう少女を自由にさせてやろうと妻に目くばせをした。

「あこの塔も見なはんなら、御案内しまっせ。」少女は池の向うの、松林のなかに、いかにもさわやかに立っている三重塔のほうへ僕たちを促した。

「そうだな、ついでだから見せて貰《もら》おうか。」僕は答えた。「でも、君は用があるんなら、さきにその用をすましてきたらどうだい？」

「あとでもええことだす。」少女はもうその事はけろりとしているようだった。

そこで僕が先きに立って、その岸べには菖蒲のすこし生《お》い茂っている、古びた蓮池のへりを伝って、塔のほうへ歩き出したが、その間も絶えず少女は妻に向って、このへんの山のなかで採れる筍《たけのこ》だの、松茸《まつたけ》だのの話をことこまかに聞かせているらし

かった。

僕はそういう彼女たちからすこし離れて歩いていたが、実によくしゃべる奴《やつ》だなあとおもいながら、それにしてもまあ何んという平和な気分がこの小さな廃寺をとりまいているのだろうと、いまさらのようにそのあたりの風景を見まわしてみたりしていた。

傍《かたわ》らに花さいている馬酔木よりも低いくらいの門、誰のしわざか仏たちのまえに供えてあった椿《つばき》の花、堂裏の七本の大きな柿の木、秋になってその柿をハイキングの人々に売るのをいかにも愉《たの》しいことのようにしている寺の娘、どこからかときどき啼きごえの聞えてくる七面鳥、――そういうこのあたりすべてのものが、かつての寺だったそのおおかたが既に廃滅してわずかに残っているきりの二三の古い堂塔をとりかこみながら――というよりも、それらの古代のモニュメントをもその生活の一片であるかのようにさりげなく取り入れながら、――其処にいかにも平和な、いかにも山間の春らしい、しかもその何処かにすこしく悲愴《ひそう》な懐古的気分を漂わせている。

自然を超えんとして人間の意志したすべてのものが、長い歳月の間にほとんど廃亡に帰して、いまはそのわずかに残っているものも、そのもとの自然のうちに、そのものの一部に過ぎないかのように、融《と》け込んでしまうようになる。そうして其処にその二つのものが一つになって――いわば、第二の自然が発生する。そういうところにすべての廃墟《はいきょ》の云いしれぬ魅力があるのではないか?――そういうパセティックな考えすらも(それはたぶんジムメルあたりの考えであったろう)、いまの自分にはなんとなく快い、なごやかな感じで同意せられる。……

僕はそんな考えに耽《ふけ》りながら歩き歩き、ひとりだけ先きに石段をあがり、小さな三重塔の下にたどりついて、そこの松林のなかから蓮池をへだてて、さっきの阿弥陀堂のほうをぼんやりと見かえしていた。

「ほんまになあ、しょむないとこでおまっせ。あてら、魚食うたことなんぞ、とんとおまへんな。蕨《わらび》みてえなものばっかり食ってんのや。……筍はお好きだっか。そうだっか。このへんの筍はなあ、ほんまによろしゅうおまっせ。それは柔《やお》うて、やおうて……」

そんなことをまた寺の娘が妻を相手にしゃべりつづけているのが下の方から聞えてくる。――彼女たちはそうやって石段の下で立ち話をしたまま、いつまでたってもこちらに上がって来ようともしない。二人のうえには何んとなく春めいた日ざしが一ぱいあたっている。僕だけひとり塔の陰にはいっているものだから、すこし寒い。どうも二人ともいい気もちそうに、話に夢中になって僕のことなんぞ忘れてしまっているかのようだ。が、こうして廃塔といっしょに、さっきからいくぶん瞑想《めいそう》的になりがちな僕もしばらく世間のすべてのものから忘れ去られている。これもこれで、いい気もちではないか。——ああ、またどこかで七面鳥のやつが啼いているな。なんだか僕はこのますすこし気が遠くなってゆきそうだ。……

＊＊＊

その夕がたのことである。その日、浄瑠璃寺から奈良坂を越えて帰ってきた僕たちは、そのまま東大寺の裏手に出て、三月堂をおとずれたのち、さんざん歩き疲れた足をひきずりながら、それでもせっかく此処《ここ》まで来ているのだからと、春日《かすが》の森のなかを馬酔木の咲いているほうへほうへと歩いて往ってみた。夕じめりのした森のなかは、その花のかすかな香《かお》りがどことなく漂って、ふいにそれを嗅《か》いだりすると、なんだか身のしまるような気のするほどだった。だが、もうすっかり疲れきっていた僕たちはそれにもだんだん刺戟《しげき》が感ぜられないようになりだしていた。そうして、こんな夕がた、その白い花のさいた間をなんということもなしにこうして歩いてみるのをこんどの旅の愉しみにして来たことさえ、すこしもう考えようともしなくなっているほど、——少くとも、僕の心は疲れた身体《からだ》とともにぼおっとしてしまっていた。

突然、妻がいった。

「なんだか、ここの馬酔木と、浄瑠璃寺にあったのとは、すこしちがうんじゃない？ここのは、こんなに真っ白だけれど、あそこのはもっと房《ふさ》が大きくて、うっすらと紅《あか》味《み》を帯びていたわ。……」

「そうかなあ。僕にはおんなじにしか見えないが……」僕はすこし面倒くさそうに、妻が手《た》ぐりよせているその一枝へ目をやっていたが、「そういえば、すこうし……」

そう言いかけながら、僕はそのときふいと、ひどく疲れて何もかもが妙にぼおっとしている心のうちに、きょうの昼つかた、浄瑠璃寺の小さな門のそばでしばらく妻と二人でその白い小さな花を手にとりあって見ていた自分たちの旅すがたを、何んだかそれがずっと昔の日の自分たちのことででもあるかのような、妙ななつかしさでもって、鮮やかに蘇《よみがえ》らせ出していた。

「死者の書」

――古都における、初夏の夕ぐれの対話

客　なんともいえず好い気もちだね。すこし旅に疲れた体をやすめながら、暮れがたの空をこうやって見ているのは。

主　京都もいまが一番いいんだ。この頃のように澄みきった空のいろを見ていると、すっかり京都に住みついている僕なんぞも、なんだかこう旅さきにいるような気がしてきてならないね。まあ、そういう気もちになるだけでもいいからな……それにしても、君はこの頃はよくこちらの方へ出てくるなあ。いつか話していた仕事はその後はかどっているのかい。何か、大和《やまと》のことを書くとかいっていたが……

客　いや、あれはあのままだ。なかなか手がかりがつかないんだ。まあ、そのうち何んとかものにするよ。……なんしろ、まだ、こういった感じのものが書きたいと、埴輪《はにわ》をいじったり、万葉の歌を拾い読みしたりしては一種の雰囲気《ふんいき》を自分のまわりに漂わせて、ひとりでいい気になっているぐらいのものだ。……当分はまあ折を見ては、

こうやってこちらに来て、できるだけ屢〻《しばしば》みごとな田園と化した都址《みやこあと》や、西の京《にしのきょう》あたりの松林のなかなどをぶらぶらするようにしている。

主　そうやって君は何げなさそうにぶらぶらしながら、突然、松林の奥から古代の風景が君の前にひらけるような瞬間を待っているわけなのだね。

客　そうだよ。少くとも、はじめのうちはそうだった。だが、このごろはそういった奇蹟《きせき》は詮《あきら》めている。まだ、自分には古代の研究がなにひとつ身についていないのだからね。もうすこしおとなしく勉強をする。

主　だが、こんなことを僕から君に云《い》うのもどうかと思うけれど、小説を書く気なら、あんまり勉強しすぎてしまってもいけないのではないかしら。ゲエテも、どこかで、こんなことを云っている。『自分はギリシャ研究のおかげで「イフィゲニエ」を書いたが、自分のギリシャ研究はすこぶる不完全なものだった。もしその研究が完全なものだったら、自分の「イフィゲニエ」は書かれずにしまったかも知れない。』

客　うん、なるほどね。つまり、古代のことは程よく知っている位で、非常にういういしい憧《あこが》れをもっているうちのほうが小説を書くのにはいいということになるわけか。これは好い言葉をきいた。……どうもこのごろ、自分でも悪い癖がついたとおもい出していたところだ。日本の古代文化の上にもはっきりした痕《あと》を印しているギリシヤやペルシャの文化の東漸《とうぜん》ということを考えてみているうち、いつか興味が動きだしてギリシャの美術史だとか、ペルシャの詩だとか読み出している。それはまだいい、そのうちにいつのまにかゲエテの「ディヴァン」だとか、ノワイユ夫人の詩集までが机の上にもち出されているといった始末だ。

主　(同情に充《み》ちた笑) まあ、ゆっくりでもいいから、あまり道草をくわずに、仕事に精を出したまえ。……そういえば、数年まえに釈迢空《しゃくちょうくう》さんが「死者の書」というのを書いていられたではないか、あの小説には実によく古代の空気が出ていたようにおもうね。

客　そう、あの「死者の書」は唯一《ゆいいつ》の古代小説だ。あれだけは古代を呼吸しているよ。まあ、ああいう作品が一つでもあってくれるので、僕なんぞにも何か古代が描けそうな気になっているのだよ。僕ははじめて大和の旅に出るまえに、あの小説を読んだ。あのなかに、いかにも神秘な姿をして浮かび上がっている葛城《かつらぎ》の二上山《ふたがみやま》には、一種の憧《あくが》れさえいだいて来たものだ。そうして或《あ》る晴れた日、その麓《ふもと》にある当麻寺《たいまでら》までゆき、そのこごしい山を何か切ないような気もちでときどき仰ぎながら、半日ほど、飛鳥《あすか》の村々を遠くにながめながらぶらぶらしていたこともあった。

主　その二上山だ。その山に葬《ほうむ》られた貴いお方の亡《な》き骸《がら》が、塚のなかで、突然深いねむりから村びとたちの魂乞《たまご》いによって呼びさまされるあたりなどは、非常に凄《すご》かったね。森の奥の、塚のまっくらな洞《ほら》のなかの、ぽたりぽたりと地下水が巌《いわ》づたいにしたたり落ちてくる湿っぽさまでが、何かぞっとするように感ぜられた。

客　全篇、森厳《しんげん》なレクイエムだ。古代の埃及《エジプト》びとの数種の遺文に与えられた「死者の書」という題名が、ここにも実にいきいきとしている。

主　毎日の写経に疲れて、若い女主人公がだんだん幻想的になって来、ある夕方、日の沈んでゆく西のほうの山ぎわにふと見知らない貴いおかたの俤《おもかげ》を見いだすところなども、まだ覚えている。

客　あの写経をしている若い女のすがたは美しいね。僕はあそこを読んでからは女の手らしい古い写経を見るごとに、あの藤原の郎女《いらつめ》の気高くやつれた容子《ようす》をおもい出して、何んとなくなつかしくなる位だ。

主　あの小説には、それからもう一つ、別の興味があった。大伴家持《おおとものやかもち》だ。柳の花の飛びちっている朱雀大路《すざくおおじ》を、長安《ちょうあん》かなんぞの貴公子然として、毎日の日課に馬を乗りまわしている兵部大輔《ひょうぶだいふ》の家持のすがたは何んともいえず愉《たの》しいし、又、藤原仲麻呂《ふじわらのなかまろ》がその家持と支那《しな》文学の話などに打ち興じながら、いつか話題がちかごろ仏教に帰依《きえ》した姪《めい》の郎女のうえに移ってゆく会話なども、いかにもいきいきとしていたな。

客　そういうところに作者の底力がひとりでに出ている。人間として大きな幅のある人だ。

主　一方、万葉学者としてもっとも独創に富んだ学説をとなえてきた、このすぐれた詩人が、その研究の一端をどこまでも詩的作品として世に問うたところに、あの作品の人性《ユマニテ》があるのだね。だが、どうしてあれほどのものがほとんど世評に上らなかったのだろう。

客　世間はそういう仕事は簡単にディレッタンティズムとしてかたづけてしまうのだ。学界の連中は、こんどは小説という微妙な形式なので、読まずともいいとおもったろうし……本当にこの作品を読んだという人は、僕の知っている範囲では、五人とはいなかったものね。

主　僕などもその一人だったわけか。幸福なる少数者の……しかし、それはそれだ。君もいい仕事をしてくれたまえ。いい読者になってあげるから。

客　こんどはこっちに風が向いてきたな。まあ、もうすこし待ってくれ。まだ自分でもしようがないとおもうのは、大和の村々を歩いていると、なんだかこう、いつもお復習《さらい》をさせられているような気もちが抜けないことだ。もうすこし何処《どこ》にいるのだかも忘れたようになって、あるときは初夏の風にふかれながら、あるときは秋の雲をみあげながら、ぼんやりと歩けるようになりたい。――心におそろしげに描いてきた神々のいられた森が何かつまらない小山に見えるきりだったり、なにげなく見やっていた或る森のうえの塔に急に心をひかれ出して暑い田圃《たんぼ》のなかを過ぎっていったり、或る大寺の希臘風《ギリシヤふう》なエンタシスのある丹《に》のはげた円柱を手で撫《な》でながら、目《ま》のあたりに見る何か大いなるものの衰えに胸を圧《お》しつぶされたり、そうかとおもうと、見すてられたような廃寺の庭の夏草の茂みのなかから拾い上げた瓦《かわら》がよく見ると明治のやつだったりして、すっかりへとへとになって、日ぐれ頃、朝からみると自分の仕事からかえって遠のいた気もちになって帰ってくることが多いのだ。

主　そういった君の日々が、そのままで君の小説になるのではないか。

客　いや、もうそういう苦しまぎれのような仕事はこんどだけはしたくない。もっと、こう大どかな仕事ぶりをしてみたいんだ。だが、僕みたいなものには難しいことらしいな。――あれは、おととしの秋だったかな、ともかくもまあ小手しらべにと、何か小品を、ちょうど古代の人々がふいとした思いつきで埴輪をつくりあげたような気もちで、書いてやろうとおもって、古代の研究がてら、大和にやってきて、毎日寺々を見て歩いているうちに、なんだか日にまし気もちが重くるしくなって、とうとう或る夕方、もうその仕事をどう云ってやってことわろうかと考えるため散歩にいった高畑《たかばたけ》のあたりの築土《ついじ》のくずれが妙にそのときの自分の気もちにぴったりして、それから急に思いついて「曠野《あらの》」という中世風なものがなしい物語を書いた。

主　あの小説は読んだよ。大和までわざわざ仕事をしにきて、毎日お寺まわりをしながら、やっぱり、ああいうものを書いているなんて、いかにも君らしいとおもったよ。

客　あれは、いまおもえば、僕のさびしい詮めだった。それが何処かで、あの物語の女のさびしい気もちと触れあっていたのだな……

主　そういえばそうもいえようが、あれもあれでいい。だが、僕は君の新らしい仕事を期待している。勇気を出して、いつまでもその仕事をつづけてくれたまえ。

客　うん、ありがとう。ひとつ一生をかけてもやるかな。……それまでのうちに、これから何遍ぐらいこっちにやって来ることになるかな。どうも大和のほうに住みつこうなんという気にはなれない。やっぱり旅びととして来て、また旅びととして立去ってゆきたい。いつもすべてのものに対してニィチェのいう「遠隔の感じ《パトス・デル・デイスタンツ》」を失いたくないのだ。……

そのくせ、いつの日にか大和を大和ともおもわずに、ただ何んとなくいい小さな古《ふる》国《くに》だとおもう位の云い知れぬなつかしさで一ぱいになりながら、歩けるようになりたいともおもっているのだ。たわわに柑橘《かんきつ》類のみのった山裾《やますそ》をいい香《かお》りをかいで歩きながら、ああこれも古墳のあとかなと考え出すのは、どうもね。

主　しかし、君はもう大抵大和路は歩きつくしたろうね。

客　割合に歩いたほうだろうが、ときどきこんなところでと、――本当に思いがけないような風景が急に目のまえにひらけ出すことがある。

この春も春日野《かすがの》の馬酔木《あしび》の花ざかりをみて美しいものだとおもったが、それから二三日後、室生川《むろうがわ》の崖《がけ》のうえにそれと同じ花が真っ白にさきみだれているのをおやと思って見上げて、このほうがよっぽど美しい気がしだした。大来皇女《おおくのひめみこ》の挽歌《ばんか》にある「石《いそ》のうへに生《お》ふる馬酔木を手折らめど……」の馬酔木はこれでなくてはとおもった。そういう思いがけない発見がときどきあるね。まあ、そんなものだけをあてにして、できるだけこれからも歩いてみるよ。――だが、まだなかなか信濃《しなの》の高原などを歩いていて、道ばたに倒れかかっている首のもぎとれた馬頭観音などをさりげなく見やって、心にもとめずに過ぎてゆく、といったような気軽さにはいかない。……

それでいて、そのふと見過ごしてきた首のない馬頭観音の像が、何かのはずみで、ふいと、そのときの自分の旅すがたや、そのまわりの花薄《はなすすき》や、その像のうえに青空を低くさらさらと流れていた秋の雲などと一しょになって、思いがけずはっきりと蘇《よみがえ》ってくるようなことがあったりする工合が、信濃路ではたいへん好かった。なんだか、そういったうつけたような気分で、いつの日か、大和路を歩けるようになりたいものだ。

主　いい身分だね。そうやって旅行ばかりしていられるなんて。

客　君なんぞにもそう見えるのかい。でも、僕はこんな弱虫だからね、不安な旅でない旅などをしたことはない。いつ、どこで、寝こむかも分からないような心細さで、旅に出てくるのだよ。まあ、それなりにだんだん旅慣れてはきたけれど。……

主　そうか。あんまり無理をするなよ。――ああ、もうすっかり暗くなってしまったね。すこし冷え冷えとしてきたようだから、窓をしめようね。

信濃路
しなのじ

辛夷《こぶし》の花

「春の奈良へいって、馬酔木《あしび》の花ざかりを見ようとおもって、途中、木曾路《きそじ》をまわってきたら、おもいがけず吹雪《ふぶき》に遭《あ》いました。……」

僕は木曾の宿屋で貰《もら》った絵はがきにそんなことを書きながら、汽車の窓から猛烈に雪のふっている木曾の谷谷へたえず目をやっていた。

春のなかばだというのに、これはまたひどい荒れようだ。その寒いったらない。おまけに、車内には僕たちの外には、一しょに木曾からのりこんだ、どこか湯治にでも出かけるところらしい、商人風の夫婦づれと、もうひとり厚ぼったい冬外套《ふゆがいとう》をきた男の客がいるっきり。——でも、上松《あげまつ》を過ぎる頃から、急に雪のいきおいが衰えだし、どうかするとぱあっと薄日のようなものが車内にもさしこんでくるようになった。どうせ、こんなばかばかしい寒さは此処《ここ》いらだけと我慢していたが、みんな、その日ざしを慕うように、向うがわの座席に変わった。妻もとうとう読みさしの本だけもってそちら側に移っていった。僕だけ、まだときどき思い出したように雪が紛紛《ふんぷん》と散っている木曾の谷や川へたえず目をやりながら、こちらの窓ぎわに強情にがんばっていた。……

どうも、こんどの旅は最初から天候の工合が奇妙だ。悪いといってしまえばそれまでだが、いいとおもえば本当に工合よくいっている。第一、きのう東京を立ってきたときからして、かなり強い吹きぶりだった。だが、朝のうちにこれほど強く降ってしまえば、ゆうがた木曾に着くまでにはとおもっていると、午《ひる》すこしまえから急に小ぶりになって、まだ雪のある甲斐《かい》の山山がそんな雨の中から見えだしたときは、何んともいえずすがすがしかった。そうして信濃境《しなのざかい》にさしかかる頃には、おあつらえむきに雨もすっかり上がり、富士見あたりの一帯の枯原も、雨後のせいか、何かいきいきと蘇《よみがえ》ったような色さえ帯びて車窓を過ぎた。そのうちにこんどは、彼方《かなた》に、木曾のまっしろな山山がくっきりと見え出してきた。……

その晩、その木曾福島《ふくしま》の宿に泊って、明けがた目をさまして見ると、おもいがけない吹雪だった。

「とんだものがふり出しました……」宿の女中が火を運んできながら、気の毒そうにいうのだった。「このごろ、どうも癖になってしまって困ります。」

だが、雪はいっこう苦にならない。で、けさもけさで、そんな雪の中を衝《つ》いて、僕たちは宿を立ってきたのである。……

いま、僕たちの乗った汽車の走っている、この木曾の谷の向うには、すっかり春めいた、明かるい空がひろがっているか、それとも、うっとうしいような雨空か、僕はときどきそれが気になりでもするように、窓に顔をくっつけるようにしながら、谷の上方を見あげてみたが、山山にさえぎられた狭い空じゅう、どこからともなく飛んできてはさかんに舞い狂っている無数の雪のほかにはなんにも見えない。そんな雪の狂舞のなかを、さっきからときおり出しぬけにぱあっと薄日がさして来だしているのである。それだけでは、いかにもたよりなげな日ざしの工合だが、ことによるとこの雪国のそとに出たら、うららかな春の空がそこに待ちかまえていそうなあんばいにも見える。……

僕のすぐ隣りの席にいるのは、このへんのものらしい中年の夫婦づれで、問屋の主人かなんぞらしい男が何か小声でいうと、首に白いものを巻いた病身らしい女もおなじ位の小声で相槌《あいづち》を打っている。べつに僕たちに気がねをしてそんな話し方をしているような様子でもない。それはちっともこちらの気にならない。ただ、どうも気になるのは、一番向うの席にいろんな恰好《かっこう》をしながら寝そべっていた冬外套の男が、ときどきおもい出したように起き上っては、床のうえでひとしきり足を踏み鳴らす癖のあることだった。それがはじまると、その隣りの席で向うむきになって自分の外套で脚をつつみながら本をよんでいた妻が僕のほうをふり向いては、ちょっと顔をしかめて見せた。

そんなふうで、三つ四つ小さな駅を過ぎる間、僕はあいかわらず一人だけ、木曾川に沿った窓ぎわを離れずにいたが、そのうちだんだんそんな雪もあるかないか位にしかちらつかなくなり出してきたのを、なんだか残り惜しそうに見やっていた。もう木曾路ともお別れだ。気まぐれな雪よ、旅びとの去ったあとも、もうすこし木曾の山山にふっておれ。もうすこしの間でいい、旅びとがおまえの雪のふっている姿をどこか平原の一角から振りかえってしみじみと見入ることができるまで。——

そんな考えに自分がうつけたようになっているときだった。ひょいとしたはずみで、僕は隣りの夫婦づれの低い話声を耳に挿《は》さんだ。

「いま、向うの山に白い花がさいていたぞ。なんの花けえ?」

「あれは辛夷《こぶし》の花だで。」

僕はそれを聞くと、いそいで振りかえって、身体をのり出すようにしながら、そちらがわの山の端にその辛夷の白い花らしいものを見つけようとした。いまその夫婦たちの見た、それとおなじものでなくとも、そこいらの山には他にも辛夷の花さいた木が見られはすまいかとおもったのである。だが、それまで一人でぼんやりと自分の窓にもたれていた僕が急にそんな風にきょときょとそこいらを見まわし出したので、隣りの夫婦のほうでも何事かといったような顔つきで僕のほうを見はじめた。僕はどうもてれくさくなって、それをしおに、ちょうど僕とは筋向いになった座席であいかわらず熱心に本を読みつづけている妻のほうへ立ってゆきながら、「せっかく旅に出てきたのに本ばかり読んでいる奴《やつ》もないもんだ。たまには山の景色でも見ろよ。……」そう言いながら、向いあいに腰かけて、そちらがわの窓のそとへじっと目をそそぎ出した。

「だって、わたしなぞは、旅先きででもなければ本もゆっくり読めないんですもの。」妻はいかにも不満そうな顔をして僕のほうを見た。

「ふん、そうかな」ほんとうを云《い》うと、僕はそんなことには何も苦情をいうつもりはなかった。ただほんのちょっとだけでもいい、そういう妻の注意を窓のそとに向けさせて、自分と一しょになって、そこいらの山の端にまっしろな花を簇《むら》がらせている辛夷の木を一二本見つけて、旅のあわれを味ってみたかったのである。

そこで、僕はそういう妻の返事には一向とりあわずに、ただ、すこし声を低くして言った。

「むこうの山に辛夷の花がさいているとさ。ちょっと見たいものだね。」

「あら、あれをごらんにならなかったの。」妻はいかにもうれしくってしようがないように僕の顔を見つめた。

「あんなにいくつも咲いていたのに。……」

「嘘《うそ》をいえ。」こんどは僕がいかにも不平そうな顔をした。

「わたしなんぞは、いくら本を読んでいたって、いま、どんな景色で、どんな花がさいているかぐらいはちゃんと知っていてよ。……」

「何、まぐれあたりに見えたのさ。僕はずっと木曾川の方ばかり見ていたんだもの。川の方には……」

「ほら、あそこに一本。」妻が急に僕をさえぎって山のほうを指した。

「どこに？」僕はしかし其処《そこ》には、そう言われてみて、やっと何か白っぽいものを、ちらりと認めたような気がしただけだった。

「いまのが辛夷の花かなあ？」僕はうつけたように答えた。

「しようのない方ねえ。」妻はなんだかすっかり得意そうだった。「いいわ。また、すぐ見つけてあげるわ。」

が、もうその花さいた木木はなかなか見あたらないらしかった。僕たちがそうやって窓に顔を一しょにくっつけて眺めていると、目《ま》なかいの、まだ枯れ枯れとした、春あさい山を背景にして、まだ、どこからともなく雪のとばっちりのようなものがちらちらと舞っているのが見えていた。

僕はもう観念して、しばらくじっと目をあわせていた。とうとうこの目で見られなかった、雪国の春にまっさきに咲くというその辛夷の花が、いま、どこぞの山の端にくっきりと立っている姿を、ただ、心のうちに浮べてみていた。そのまっしろい花からは、いましがたの雪が解けながら、その花の雫《しずく》のようにぽたぽたと落ちているにちがいなかった。……

橇《そり》の上にて

そこの小屋のなかで待っていてくれと云《い》われるまま、しばらく五六人の馭者《ぎょしゃ》らしい人たちの間に割りこんで、手もちぶさたそうに炉の火にあたっていたが、みんなの吹かしている煙草《たばこ》にむせて急に咳《せき》が出だしたので、僕は小屋のそとに出ていって、これから自分のはいってゆこうとする志賀山の案内図をながめたり、小さな雪がちらちらとふっているなかを何んとなく歩いてみたりしていた。雪の質は乾《かわ》いてさらさらとしているし、風もないので、零下何度だか知らないけれど、寒さはそうひどく感ぜられなかった。そのうちに、向うの厩《うまや》の中から、さいぜんの若い馭者が馬の口をとりながら、一台の雪橇《ゆきぞり》を曳《ひ》き出して来るのが見えた。僕は雪橇というものをはじめて見た。――粗末な箱型をしたものに、幌《ほろ》とはほんの名ばかりの、継ぎはぎだらけの鼠《ねずみ》いろの布を被《かぶ》っただけのものである。馭者台なんぞもない。それもそのはず、馭者は馬のさきに立って雪のなかを歩いてゆくのである。

その橇が自分の前に横づけになったものの、どこから乗っていいのか分からないでまごまごしていると、馭者が飛んできて、幌をもちあげながら入口をあけてくれた。ふとそのなかに茣蓙《ござ》の敷いてあるのが目にとまったので、僕はいそいで靴をぬごうとすると、そのままあがれという。そこで僕はほんのまね事のように外套《がいとう》を叩《たた》いたり、靴の雪を払い落したりして、首をこごめるようにして幌の中にはいった。そのなかはまあ二人で差し向いに腰かけるのがやっと位だが、そこには座蒲団《ざぶとん》や毛布から、火鉢《ひばち》の用意までしてある。火鉢には火もどっさり入れてある。——寒いから、その火鉢に足をのせて、その上からその毛布をかけよと云ってくれる。そう云うとおりに、僕がそこにあった毛布をひろげて膝《ひざ》の上にかけ出すのを見とどけると、馭者は幌をすっかり下ろして、馬のほうへ飛んでいった。

＊＊＊

やがて雪橇はごとんごとんと動き出した。あまり揺られ心《ごこ》ちのいいものではなかった。それに幌には窓が一つもついていないので、全然おもての景色の見られないのが何よりの欠点だ。——このままこうしてごとんごとんと揺られながら、毛布の中に小さくなっていたんでは、いくら寒さはしのげても、なんにも見えず、わざわざ雪のなかまでやってきたかいがない。そこで幌を少しもち上げてみたが、その位のことでは、道ばたに積みあげられた雪のほかは何んにも見えない。……
が、さっきから首すじがすこし寒いとはおもっていたが、そこのところだけ幌の布がなんだか綻《ほころ》んだようになっていて、ひらひらしているのにはじめて気がついた。ためしにそれをちょっと手でもち上げてみると、小さな窓のような工合になる。僕はこれはいいとおもって、そこに目を近づけると、ちょうど村の一番最後の家らしい、なかば雪に埋もれた一軒の茶店のようなものが通り過ぎた。ちょっとの間だったのに、もうそうとう雪が深そうだ。

そのうちにあちこちの森だの山だのが見えて来る。細かい雪がいちめんにふりしきっているので、それもほんの近いものだけしか見えなかったが。……それでも、僕は自分が生れて初めて見るような雪の山のなかにはいり出していることを感じだしていた。だが、そうやって外ばかり眺《なが》めていると、そこから細かな雪がたえず舞いこんでくるとみえ、膝のうえの毛布がうっすら白くなっている。僕はその毛布を軽くはたきながら、すこし坐《すわ》りなおして、しばらく目を休めることにした。なんにも見えなくとも、自分の身体《からだ》のかしぎかたで、上りが急になったり、また、すこし楽になったりしてゆく工合がよく分かる。なんだか自分の不安定の感じが或《あ》る度を過してくると、橇のほうもいつか止まってしまっている。馬が息をつくためにしばらく休むのである。

雪のなかにぽつんぽつんと立っている樹木なんぞを見ても、四方から雪を吹きつけられているので、どのくらい雪が深いのだかちょっと見当がつかない。橇道はちゃんとついているらしいが、ずっと上りづめらしく、馬も、馭者も、ずいぶん骨を折っているのだろうと思った。

又、橇がとまった。こんどはだいぶ長くとまっているな、と思っていると、雪の中から急におもいがけない話しごえが聞えだした。どうやら向うから下りてくる雪橇があって、道をゆずりあっているらしい。――「まだあとからも来るか」と向うの馭者が問うと、「いや、もうこれが最後だ」とこちらの馭者が答えている。……そのうち僕の橇が動きだして向うの橇とすれちがおうとするとき、突然、向うの馭者が何かはげしく自分の馬を叱《しっ》したので、ひょいと例の穴からのぞいて見ると、道を避けようとして片がわの積雪のなかへ深くはいり込んでしまった橇を曳き出そうとして、一しょう懸命になっている馬は、ほとんど胸のあたりまで雪に埋っていた。なんども前脚《まえあし》を雪のなかから引き抜こうとしては、そこらじゅうに雪煙りをちらしていた。僕もそのとばっちりを受けそうになって、いそいで顔をひっこめたが、向うの橇はすっぽりと幌を下ろしてはいるものの、空のようだった。

続いて、もう一台の橇とすれちがった。こんどはどうやらうまくすれちがったようだったが、それも空らしかった。

そうやって二台の橇とすれちがって、しばらくしてから僕はふいと時計を出してみると、橇に乗ってから一時間ばかりも経《た》っているので、ああ、もうこんなに乗っていたのかと意外におもいながら、一体、いまどのへんなのだろうと、又、例の穴に顔を近づけてみると、ちょうど自分の橇の通っている岨《そば》の、ずっと下のほうの谷のようなところを二台の橇がずんずん下りてゆくのが、それだけが唯一の動きつつあるものとして、いかにもなつかしげに見やられた。それにしても、あれがいましがた自分とすれちがった橇かとおもわれる位、そんなにもう下のほうまで往《い》っているのには驚いた。そうしてそれと共に、僕ははじめて自分のいつのまにかはいり出している山の深さに気がついてきた。それほど自分のそれまでの視野のうちには、いつまで経っても、同じような白い山、同じような白い谷、同じような恰好《かっこう》をした白い木立しかはいって来ないでいたのだった。

＊＊＊

僕はそれから橇のなかに再び坐りなおして、がたんがたん揺られるがままになりながら、いよいよ自分も久恋の雪の山に来ているのだなとおもった。ずいぶん昔から、いまのように、こうしてただ雪の山のなかにいること、――それだけをどんなに自分は欲して来たことだろう。べつに雪の真只中《まっただなか》でどうしようというのでもない。――スポルティフになれない弱虫の僕は、ただこういう雪の中にじっとして、真白な山だの（――そう、山もそんなに大それたものでなくとも、丁度いま自分の前にあるような小品風なものでいい……）、真白な谷だの（――谷もあの谷で結構……）、雪をかぶったいくつかの木立のむれ（――あそこに立っている樺《かば》のような木などはなかなか好いではないか……）などをぼんやり眺めてさえいればよかった。

ただすこし慾をいえば、ほんの真似《まね》だけでもいい、――真白な空虚にちかい、このような雪のなかをこうして進んでいるうちに、ふいと馭者も馬も道に迷って、しばらく何処《どこ》をどう通っているのだか分からなくなり、気がついてみると、同じところを一まわりしていたらしく、さっきと同じ場所に出ている――そんな純粋な時間がふいと持てたらどんなに好かろう、とそんな他愛のないことだけが願わしいような、淡々とした気もちでいた。……

僕は目をつぶって、幌の穴から見ようとすれば見えたでもあろう、そのような雪の世界をただ想像裡《そうぞうり》に描きつづけながら、こういう自分の雪に対するそれほど烈《はげ》しくもない、といって一時の気まぐれでもない、長いあいだの思慕のようなものが、いつ、どうして自分のなかに生じて来たのだろうかと考え出していると、突然、十年ほどまえ八つが岳の麓《ふもと》にあるサナトリウムで生を養っていた自分のすがたが鮮かによみ返ってきだした。冬になると、山麓《さんろく》のサナトリウムのあたりは毎日ただ生気なく曇っているだけなのに、山々はいつも雪雲で被《おお》われており、そんな雲のないときには、それらの山々は見事なほど真白なすがたをしていた。僕はそんな冬の日をどうしようもなしに暮らしながら、ときどき雪の山のほうへ切ない目《ま》ざ《な》しを向けるようになり出していた。そんな雪雲にすっかり被われている山のもなかを、なにか悲壮な人間の内部でも見たいように、おそるおそる見たがりながら。……

僕は、いま、その頃の自分にはとても実現せられそうもないように見えていた、こんな雪の中にはいり込んで来ているのだと思いながら、さて、べつにどうという感慨もなかった。悲壮のようなものはいささかも感ぜられなかった。寒さだって大したことはない。むしろ、雪のなかは温かで、なんのもの音もなく、非常に平和だ。そう、愉《たの》しいといったほうがいい位だ。橇の中にいて、小さな幌の穴から、空を見あげていると、無数の細かい雪がしっきりなしに、いかにも愉しげな急速度でもって落ちてくる。そうやってなんの音も立てずに空から落ちてくる小さな雪をじいっと見入っていると、その愉しげな雪の速さはいよいよ調子づいてくるようで、しまいにはどこか空の奥のほうでもって、何かごおっという微妙な音といっしょになってそれが絶えず涌《わ》いているような幻覚さえおこってくるようだ。

大きな壺《つぼ》に耳をあてていると、その壺の底のほうからごおっといって無数の音響が絶えまなしに涌きあがっている。——ちょうどああいった工合に何か愉しくて愉しくてならないように、無数の小さな雪が空の奥のほうで微《かす》かにごおっという音を立てながら絶えず涌いているような気がせられるのである。僕はいつまでも一ところからじっと、絶えず落ちてくる雪を見ている中に、そんな幻覚的な気もちにさえなり出していたが、急にまた坂にさしかかったと見えて橇がかたんがたん揺れだしたので、思わず自分自身に立ち返えされてしまっていた。

……雪のごとく愉しかれ。
大いなる壺のやすらかに閉ざされし内部に在りて、
すべての歌声の、よろこばしきアルペジオとなりて、
絶えず涌きあがるがごとくにあれ。

そうしてそういうノワイユ夫人の詩の一節だけが、いつまでも自分の口の裡《うち》に、な

にか永遠の一片のように残っていた。……

雪の上の足跡

高原の古駅における、二月の夕方の対話

主　やあ、どこへ行ったかと思ったら、雪だらけになって帰って来たね。

学生　林の中を歩いて来ました。雑木林の中なぞは随分雪が深いのですね。どうかすると、腰のあたりまで雪の中に埋まってしまいます。獣《けだもの》の足跡が一めんについているので、そんな上なら大丈夫かとおもって、足を踏みこむと、その下が藪《やぶ》になっていたりして、飛んだ目に逢《あ》ったりしました。

主　君と、兎《うさぎ》なんぞが一しょになるものかね。それに、もういくぶん春めいて来ているから、凍雪《しみゆき》もゆるんで来ているのだろう。だが、そうやって雪の中が歩けてきたら、さぞ好い気もちだろうなあ。

学生　ええ、実に愉快でした。歩きながら、立原道造さんの詩にも、こうやって林の中をひとりで歩きながら、深い雪の底に夏の日に咲いていた花がそのまま隠れているような気がしたり、蝶《ちょう》の飛んでいる幻を見たりするような詩があったのを思い出しました。

主　立原は、僕がはじめてここで冬を越したとき、二月になってからやって来た。あいにく僕が病気で寝こんでいたので、君のように、ひとりで林の中を雪だらけになって歩いて帰って来たっけ。そのときの詩だろう。もう七八年前になるかなあ。……どうだい、狐《きつね》のやつの足跡はついていなかったかい?

学生　狐の足跡はどうも分かりませんでした。どんなんだか、まだそれもよくは……。

主　そうだな、こう、まっすぐに、一本の点線を雪の面《おもて》にすうっと描いたような具合に、林のへりなぞをよく縫い歩いているのだがね。兎のやつのは、そこいら中を無茶苦茶に跳《と》びまわるとみえ、足跡も一めんに入りみだれているが、狐のやつのは、いつもこう一すじにすうっとついている。そしてそのまま林の奥にほそぼそと消えていたり、どうかすると思いがけず農家の背戸《せど》のあたりまで近づいて来ていたりする。

学生　狐なぞがまだこのへんにうろついているのでしょうかしら?

主　いるらしい。このごろは冬になると、僕はからきし意気地《いくじ》がなくなって、ちっとも雪の中を歩かないが、二三年前にはそんな足跡をいくつも見たことがある。しかし、いたって、もうたかの知れたもんだ。せいぜい農家の鶏を盗《と》りにくる位なものだろう。

学生　いつだかお書きになっていた、昔、武家に切り殺された、この宿《しゅく》の遊女の墓に夜ごとに訪れてくる老狐《ろうこ》の話――なんでもその墓にひとりでに罅《ひび》が入って、ちょうど刀傷のように痛いたしく見えた、その傷のあたりをその狐が舐《な》めてやっていたとかいう話でしたね。——あれはこの村の話なのですか？

主　この村ではないが、隣りの村の古老にきいた話だ。ハアンでも好んで書きそうな話だ。ああいう話が残っていたら、もっと聞きたいものだが、あまり無いようだね。どうもこういう古駅には一たいに昔話なぞが少ないのではないかね。維新前までは茶屋旅籠《はたご》がたてこみ、脇本陣《わきほんじん》だけでも遊女が百人からいたという、名高い宿《しゅく》のあとだもの。その日その日にちがった話を諸国の旅びとから聞くのに追われて、山奥なぞのつれづれな炉ばたで人にときどきふと思い出されては漸《ようや》く忘却から蘇《よみがえ》らされて来たような、そういう昔話の残っていないのも当然だろうじゃあないか。

学生　そうかも知れませんね。しかし、まだ二つや三つはそんな話もありそうな気がしますね。

主　そう、ありそうな気もする。ところが、ありそうで無いんだ。なんにも無いくせに、そんな雰囲気《ふんいき》だけはもっている——そこがまあ現在のこの村の一種の持味で、僕なんぞにはかえってぴったりしているのだろうと思う。こんなに荒廃して、それがそれなりになんとなく錆《さ》びて落ち着いてきている、そんなところからそういう一種の味が出ているのだろうね。だから、つまらないことまで、妙に生き生きとして感ぜられて来ることもある。僕がはじめてこの村に来た当時のことだが、或日《あるひ》、昔の屋敷跡らしい大きな石崖《いしがけ》のうえに立って、秋らしい日ざしを浴びながら、病みあがりらしくぼんやり蓼科山《たてしなやま》の方をながめていた。その晩、宿の主人がいうのに、そのときそうやって石崖のうえに立っていた僕の姿を遠くから見かけて、ふと子供のときに見た一匹の傷ついた鹿《しか》のことを思い出したそうだ。なんでも霜のひどく下りた朝のことで、山のほうから追われて来たらしいその鹿は、丁度その石崖のところまで来ると、ちょいと背後をふりむいてから、其処《そこ》をすうっと跳びおりて、下の畠《はたけ》のなかを湯川《ゆがわ》のほうへ一散に逃げていった。そうしてその畠の真白な霜の上には、その鹿の傷ついた足の血が鮮やかに残っていたという話だ。……そんなことをきいてから、その石崖にかぎらず、この村のあちこちに残っている石崖のひとつひとつが、僕にはなんとなく意味ありげに思われて来てならなかった。まあ、そういった鹿の跳び越えていった石垣だとか、秋になると蔦《つた》かずらが真紅になったまま捲《ま》きついている、何か悽惨《せいさん》な感じの、遊女らしい小さな墓だとか、――そういうものなら、そのほかにも、まだまだ何かありそうだね、これという話らしい話がそれに伴っていなくとも。

学生　三好さんの詩にも、何処《どこ》かの山村を、一匹の傷ついた鹿が足を縛られたまま、猟師にかつがれてゆく詩がありますね。あれは何処かしら?

主　伊豆の湯ヶ島あたりの風景だろう。僕は残念だが、とうとう鹿は見られなかった。向うの小瀬《こせ》あたりでも、一昔前までは、よく鹿の啼《な》きごえが聞えたそうだ。

学生　僕はこの間、チェホフの「学生」という短篇をよみました。復活祭で帰省していた一人の学生が、或日——北風の吹いている、寒い日でしたが、なんだかこの世にはいつの時代にもこんな風が吹きまくっていて、そこには無智《むち》と悲惨としか見られないような考えを抱いて、非常にうち沈んだ気もちになって、散歩から帰って来ると、もう暮れがたで、隣り村の或農家の中庭では焚火《たきび》をしている。みると、それは昔自分の乳母《うば》だった寡婦《かふ》と、その不しあわせな娘なので、学生はしばらくその焚火にあたらしてもらっているうち、急に使徒のペテロも丁度こんな風に焚火にあたっていたんだろう、と思い出し、それからペテロが鶏の啼くまえに三たびクリストを否《いな》んだ物語をその二人の女に向って話しはじめる。女たちは黙って聞いていたが、そのうち急に二人とも泣き出してしまう。学生はそこを立ち去りながら、なぜ彼女たちは泣いたのだろうかと考える。別に自分がその話を感動的に話したからではない。それはきっとその話のペテロに起った出来事が、彼女たちにも、又、自分にもいくらか関係している一つからなんだろう。とおもうと、そんな昔から今日まで、断絶せずに続いている一つの鎖が見えるような気がしている。自分がその一方の端に触れたので、もう一方の端が揺れたのだ。真理と美とがあの大司祭の庭のなかで人びとを導いた、そうしていまもなおそれが我々を導いている。そう考えると、学生には急に自分に青春と幸福の感じが帰ってきて、人生が何か崇高な意味に充《み》ちみちているように思われて来る。――そういった筋の、五六頁《ペエジ》ばかりの短篇なのです。しかし、僕はそれを読んで、なんだかその学生と一しょになって泣きたいほど、感動しました。

主　ふむ、いい短篇だね。僕は読みそこなっていたが、いつかその本を貸してくれたまえ。しかし、君の話だけでも、大体は分かるね。ちょっと其処にある聖書をとってくれないか。そこのところを読んでみよう。ルカ伝だったね。（聖書をひらいて読む）「……やがて鶏鳴きぬ。主、ふりかえりてペテロに目をとめ給《たも》う。ここにペテロ主の『今日にわとり鳴く前に、なんじ三度《みたび》われを否まん』と言い給いし御言《みことば》を憶《おも》いいだし、外に出《い》でて甚《いた》く泣けり。」――鶏が鳴くと、遠くからイエスが焚火《たきび》にあたっているペテロの方をふりむいて見る、するとペテロは急にイエスに言われた言葉を思い出し、はっと我に返って、庭の外へ出ていって、暗がりのなかではげしく泣き出すのだね。チェホフの短篇の話をきいて、ここのところを読むと、なんだかこう一層、そのときのペテロの慟哭《どうこく》が身ぢかに感ぜられて来るようだな。

学生　僕はこの短篇を読んだときにも思ったのですけれど、このペテロの話にしろ、いつかお書きになっていたエマオの旅びとの話にしろ、そんな縁遠いような物語がおもいがけず僕らの身ぢかに迫って来て、妙に感動させられることがあるのですが、それに反して日本の古い物語はいかに美しく、なつかしいと思っても、それだけの強い力がないような気がするのです。何か fatal なものの前にわれわれを無気力にさせてしまいます。そのチェホフの短篇は、まず、森のなかのもの寂しい自然の描写ではじまっています。チェホフの筆だと其処が非常に美しいんですが、そういうもの寂しい自然がすっかりその学生の心をめいらせているのです。——そんなものからチェホフは小説を書きはじめていますが、日本のいいものはそれとは反対に、一番最後にそういうところへわれわれを引きずり込んでゆくように思われるんですけれど……。

主　確かにそういうところがあるだろう。これから君たちは大いにそういう fatal なものと戦ってみるのだね。僕なんぞも僕なりには戦ってきたつもりだ。だんだんそういう fatal なものに一種の諦《あきら》めにちかい気もちも持ち出しているにはいるが。しかし、まだまだ踠《も》がけるだけ踠がいてみるよ。……（ぱあっと夕日があたって来だしたのを見て、窓をあける。）毎日、こうして雪のなかの落日を眺《なが》めるのが愉《たの》しみだ。なんだか一日じゅう、冬の日ざしが明る過ぎて、室内にいても雪の反射でまぶしくって本も読めずに、ぼやぼやしながらその日も終ろうとする、——そんな空《うつ》ろな気もちでいるときでも、この雪の野を赤あかと赫《かが》やかせながら山のかなたに落ちてゆこうとしている日を眺めると、急に身も心もしまるような気がするのだ。君はいま、こういう落日をみながら、どんな文学的感情を喚《よ》び起すかね？

学生　そうですね。僕には、いま、二つのものが浮びます。一つは釈沼空《しゃくちょうくう》の「死者の書」を荘厳《そうごん》にいろどっていたあの落日の美しさです。それからもう一つは、フランシス・トムスンが「落日頌《らくじつしょう》」(*Ode to the setting sun*) の中で歌った、あの野なかの十字架のうえを血で染めたように赫やかせながら没してゆく太陽の神々《こうごう》しさです。――向うの山の端に、いま、くるめき入ろうとしているあの太陽は、「死者の書」に描かれてある、ああいった山越しの阿弥陀像《あみだぞう》めいていても感ぜられ、それにもしいんとするような美しさを感じますが、それは何んといっても、やはり僕は、この雪の野のなかに、太陽の最後の光をあびて血に染まったようになって悲痛に立っている一本の十字架を求めたいような気がします。

主　釈沼空と、フランシス・トムスンか。なかなか重厚な好みだな。……僕はきのうね、こんな落日を眺めながら、ふいと飛騨《ひだ》の山のなかの或落日をおもい浮べていた。もちろん、想像裡《そうぞうり》のものだがね。――「鷲《わし》の巣の楠《くす》の枯枝に日は入りぬ」どうだ、凄《すご》い image だろう。凡兆《ぼんちょう》の句だよ。「越《こし》より飛騨へ行くとて籠《かご》の渡りのあやふきところろところ道もなき山路にさまよひて」という前書がある。そんな山のなかで、鷺の巣らしいものがかかっている、大きな楠の枯れ枯れになった枝を透いて日が真赤になってくるめき入る光景だろう。鷺の巣は見たことがない、しかし、楠の老木は嘗《か》つて見たことがある。上信国境にある牧場のまんなかに、その大木がぽつんと一本だけ立っていた。その孤独な姿がいかにも印象的だった。そういう記憶があるせいか、この凡兆の句にある楠も、僕には、そんな山のなかに他の木《こ》むらからも離れて、ぽつんと一本だけ立っている老木のような気がする。

学生 (目をつぶりながら)「鷺の巣の楠の枯枝に日は入りぬ」――凄いなあ。

主 そんな句がみごとに浮ぶこともある。かとおもうと、随分くだらないことを思い出して、いつまでもひとりで感傷的な気分になっていることもある。或日などは、昔、村の雑貨店で買った十銭の雑記帳の表紙の絵をおもい浮べていた。雪のなかに半ば埋もれて夕日を浴びている一軒の山小屋と、その向うの夕焼けのした森と、それからわが家に帰ってゆく主人と犬と、――まあ、そういった絵はがきじみた紋切型の絵だ。或日、その雑記帳を買ってきて、僕がなんということもなくその表紙の絵をスウイスあたりの冬景色だろう位におもって見ていたら、宿の主人がそばから見て、それは軽井沢の絵ですね、とすこしも疑わずに言うので、しまいには僕まで、これはひょっとしたら軽井沢の何処かに、冬になって、すっかり雪に埋まってしまうと、これとそっくりな風景がひとりでに出来あがるのかもしれない、と思い出したものだ。そうしたら急に、こんな絵はがきのような山小屋で、一冬、犬でも飼って、暮らしたくなった。その夢はそれからやっと二三年立って実現された。——その冬は、おもいがけず悲しい思い出になったが、それはともかくも、あの頃の——立原などもまだ生きていて一しょに遊んでいた頃の僕たちときたら、まだ若々しく、そんな他愛のない夢にも自分の一生を賭《か》けるようなことまでしかねなかった。まあ、そういう時代のかたみのようなものだが、——その十銭の雑記帳の表紙の絵を、僕はこういう落日を前にして、しみじみと思い浮べているようなこともあるしね。……だが、きょうは、君のおかげで、枯木林のなかの落日の光景がうかぶ。雪の面《おもて》には木々の影がいくすじとなく異様に長ながと横《よこた》わっている。それがこころもち紫がかっている。どこかで頰白《ほおじろ》がかすかに啼きながら枝移りしている。聞えるものはたったそれだけ。（そのまま目をつぶる。）そのあたりには兎やら雉子《きじ》やらのみだれた足跡がついている。そうしてそんな中に雑《ま》じって、一すじだけ、誰かの足跡が幽《かす》かについている。それは僕自身のだか、立原のだか……。

学生　急に寒くなってきましたね。もう窓をしめましょうか。

解説

丸岡 明

この集には、堀辰雄のエッセイと小品とがあつめてある。同じ新潮文庫の他の五冊とは、おのずからその性格が異なっている。詩人であり、小説家であった堀辰雄は、又、優《すぐ》れたエッセイストでもあった。

目次に並んだ作品は、堀辰雄の思索生活の跡を辿《たど》って、その文学の成長をうかがい得るようにとの意図のもとに選ばれている。書かれた年代は、ほぼ目次の順である。表題が、幾つかに別《わ》けてあるのは、他の集でも試みたように、一冊に収められた作品に、秩序を与え、理解と解説の便をはかったものとして受取ってほしい。

堀辰雄の文学を理解するためには、エッセイや小品が、しばしば重要な鍵《かぎ》になる。大学の卒業論文として書き、全集が刊行されるまで、どこにも発表されずにいた『芥《あく》川《たがわ》龍之介《りゅうのすけ》論』（堀辰雄全集第五巻・新潮社刊）その他、この集に収め得なかったもののうちにも、その意味で大切なものが幾編かある。解説では、なるべくそれらの諸編にも触れて書いてゆくつもりである。モーリヤックの小説論について書いた『小説のことなど』（全集第四巻）は、堀辰雄が小説の本質を、どう考えたかを知る上で、最も大切な文章の一つだと思うが、他の集の解説にも、十二分に引用をしているので、割愛した。

目次のうち、最も初期に属する作品は『狐《きつね》の手套《てぶくろ》』の一で、昭和七年九月の稿。『狐の手套』という表題は、同じ題名の単行本（野田書房版）に初めて使われ、その後、甲鳥書林版の、『曠野《あらの》』にも、角川版の『美しい村』にも、目次にその題目がある。しかしその内容には、異同がある。ここでは三編だけを選んで、『狐の手套』と題した。『大和路《やまとじ》・信濃路《しなのじ》』も本によって、多少の異同が見られる。この集では、序にあたる『樹下』をのぞき、『信濃路』の一章をなす『斑雪《はだれ》』がはぶかれ、雑誌に発表された当時の順序に従って、大和路と信濃路とを別けることにした。

*

堀辰雄が文学に強く心をひかれるようになったのは、一高在学中の大正十二年前後だろう。その当時のことは、『二三の追憶』（全集第三巻）に描かれている。「……丁度萩原《はぎわら》さんのユニイクな詩集『青猫《あおねこ》』が出た折で、私は何処《どこ》へ行くのにでもその黄いろいクロオスの本を持ち歩いていた。（中略）今、表紙の汚れた『青猫』を書架からとり出して見ると、この本のなかからそういう少年の自分の姿が詩といっしょになって蘇《よみがえ》ってくるのを覚える。その頃の私は一番何になりたがっていたかというと、そういう萩原朔太郎《はぎわらさくたろう》の詩のもっているものを散文の領域に発展させた、哲学的な内容というよりもむしろそのような情緒をたぶんに持ったエッセイの書ける、いままで日本には一人もいなかったような poet-philosopher になることだった。（後年、萩原さん自身がそうなられた……）」と。

エッセイを書いてゆくことに、文学的な野心を抱《いだ》いていた年少の堀辰雄がここにいる。

萩原朔太郎については、なお『「青猫」について』（全集第三巻）でも語っているし、未定稿の年譜『萩原朔太郎』（全集第五巻）においても――特にその注において、多くのことが物語られている。

堀辰雄は自分に強く作用して来た作家達に対しては、なにかしら書きとどめているので、それらの作家が、どのように堀辰雄に響いたか、又堀辰雄がどのようにそれらの作家を咀嚼《そしやく》したかを知ることは、割合に容易である。

「……芥川龍之介は僕の眼を『死人の眼を閉じる』ように静かに開けてくれました。僕はその眼でゲエテやレムブラントの豊かな美しさを、ボオドレエルやストリンドベリイの苦痛に似た美しさを、そしてセザンヌや志賀直哉《なおや》の極度の美しさを見ているのであります。そして又、僕はその眼で芥川龍之介自身の作品をも見ているのでありますす。僕のその眼は彼の作品の欠点をも見逃《のが》さないでしょう。僕はそこにも我々人間の負わされている宿命みたいなものを感じずにはいられません。……」

(『芥川龍之介論』その1。全集第五巻)という。

堀辰雄の出発がそこにある。それはなにやら、堀辰雄の宿命のようにさえ見えはしないか。初めから堀辰雄は、ある枠の中にいる。堀辰雄にとっては、その枠をより完《かん》璧《ぺき》なものにすることが、文学の修業であり、戦いであったかと思える。いかにしてその枠と、堀辰雄の人生的苦悩とを調和させてゆくかというところに、彼の誠実と、努力とが賭《か》けられた。『詩人も計算する』(昭和四年。全集第五巻)と、『芸術のための芸術』(五年。全集第五巻)とは、堀辰雄が初期において、書かずにいられなかった小説の「伝統的な法則」なのだ。

「ボオドレエルの一行」について、「超現実主義」について、「小説の危機」について、「芸術上の左翼」について、述べている。

堀辰雄はまず芥川龍之介と室生《むろう》犀星《さいせい》とを識《し》った。この二人の、全く異質な作家を身近かに持ち、この二人に、その才を認められたことは、生涯を通じての仕事の上に、決定的な影を落した。

室生犀星については、この集にある『「文芸林泉」読後』の他《ほか》に、『鉄集』『神々のへど』（全集第四巻）のような書評の形式のものや、『室生さんへの手紙』（全集第四巻）などがある。

モーリヤックの小説論について書いた『小説のことなど』（全集第四巻）は、それがそのまま、堀辰雄自身の小説論になっているようなものだが、——モーリヤックの作中人物から、カトリック的な要素をすべて取りのぞいたあとの人間の不合理性、それを堀辰雄は室生犀星の文学のうちに嗅《か》ぎつけている。

モーリヤックやドストエフスキーとは対照的な作風を持ち、堀辰雄の文学的出発に際して、特に深い影響を与えたと見られる作家に、コクトーやラディゲがいるが、コクトーやラディゲについては、『レエモン・ラディゲ』（五年一月。全集第四巻）『ヴェランダにて』（十一年四月。全集第四巻）及びさきにあげた『詩人も計算する』『芸術のための芸術』などを書いている。

堀辰雄がプルーストに親しみ始めたのは、昭和六年頃からだった。五年の秋に『聖家族』（新潮文庫『燃ゆる頬《ほお》・聖家族』）を書いて、その後病床にいた堀辰雄は、神西清《じんざいきよし》から『失われし時を求めて』の原書を贈られて、それを少しずつ床の中で読んでいったということだ。プルーストについては、この集にある『フローラとフォーナ』（八年七月）の他に、『プルウスト雑記』（全集第四巻）として、一つに纏《まと》められているものに、『三つの手紙』（七年二月）『覚書』（八年四月）『プルウストの小説構成』（七年十月）、及びその文体について書いた『リラの花など』（九年五月）がある。

プルーストの影響が、堀辰雄自身の作品のうちに見られるのは、『風立ちぬ』（新潮文庫『風立ちぬ・美しい村』の解説参照）からである。プルーストから、リルケ（『リルケ雑記』。全集第四巻）に移り、やがて堀辰雄はわが国の王朝文学に創作上の新たな野望を寄せていった。

『雉子《きじ》日記』（十二年一月）『続雉子日記』（同年二月）及び『雉子日記ノオト』（同年三月）には、許婚者であった矢野綾子《あやこ》を失い、孤独に身を沈めている作者の姿がある。リルケに親しむようになったのは、その頃からだ。リルケが晩年住まっていたシャトオ・ド・ミュゾオのことが、『雉子日記』に書いてある。「ラロンはリルケの墓のある村の名で、同じヴァレェ州の同じロオヌの川沿いながら、ミュゾオのあるのはそれより少し下流に位している、シェルという小さな町から更に上方へ入った、葡萄畑《ぶどうばたけ》なんぞの真ん中らしい」（『続雉子日記』）

私はたまたま先年（二十七年の秋）スイスからイタリアにゆく時に、汽車でここを通過した。私は今度改めてこの文章を読み返してみるまで、実はそのシェルという村の名や、ラロンという村の名などを忘れていたのだ。『スウィス日記』の著者である辻村伊助《つじむらいすけ》が、この寒村を素通りしているのを、いかにも非難するように堀辰雄が書いているので、私はその旅行の時持ち歩いていた地図を探し出して、初めて検《しら》べてみたわけだ。一つの地図には、その駅の名さえ見当らなかった。しかも一つ、覚え書きを書き込んでいた地図がある筈《はず》なので、それをやっと探し出して検べてみると、確かに Sierre という駅の名がある。そしてその駅と、Simplon のトンネルの口に当る Brig との中間に、Raron という駅の名も見出《みいだ》された。地図には Sierre から二つ目の Leuk Stadt に紫の鉛筆で輪がつけてあって、その下に牛市、上に、羊の群と犬三匹、黒黒白と、書き込んであった。私は忽《たちま》ちまざまざとその附近の風景を思い出すことが出来た。

私が乗っていた汽車は、未明にジュネーブを出て、五時間でミラノに着く特急だった。ローヌ河に添うこの谷間を通過したのは、朝の八時頃だった。Sierre にも Raron にも、勿論《もちろん》汽車は止らなかった。ところが Leuk Stadt では、どういうわけか、ほんの暫《しば》らく停車した。線路とローヌ河とに挟《はさ》まった右側の道端に、牛の市が立つばかりの有様を、この時私は汽車の窓から見た。農民達が牛を連れて集まって来ているのだ。反対の左側の窓には、強く傾斜した山の裾《すそ》に、灰色の羊の群れが、大きな流れのようになって移動していた。犬がその群れの周《まわ》りを、吠《ほ》えながら駆け廻っている。その疳高《かんだか》い犬の声が、窓ガラスを閉めて、一人旅を続けている私の耳にまで聞えて来た。

もし堀辰雄があの村の近くで暮すことがあったら。そんな感慨が起きぬでもないが、そうした仮定は、すべて今は無用のことだ。ただ深く私の胸に印象を残した風景が、たまたま Sierre や Raron の近くであったということだけで十分だろう。そして、もし必要であるなら、その風景が浅間の山麓《さんろく》にある村々の付近のものに、どこか相通じ得る質のものだということを、証明してみてもよい。

『木の十字架』は、十五年の五月、前年の春に世を去っていった立原道造を追悼《ついとう》する気持で書いたもの。しかしそこに、堀辰雄の仕事への意図も読み取ることが出来る。『伊勢《いせ》物語など』は十五年の四月に、同年の七月には『若菜の巻など』(全集第四巻)を書き、翌十六年の六月には、『姨捨記《おばすてき》』を書いている。

王朝ものに取材した第一作の『かげろふの日記』が脱稿されたのは、十二年の十一月で、その続編で、第二作に当る『ほととぎす』は、翌十三年の十二月の作品。第三作の『姨捨』は、十五年の六月の作。それぞれ「芸術に依《よ》る芸術」(『芥川龍之介論』。

全集第五巻）の所産であった。

『かげろふの日記』は『風立ちぬ』の主題であるヴァレリーの詩句からの発展と見られるが、『かげろふの日記』を書き、『ほととぎす』を書きあげたあとの『伊勢物語など』の頃になると、古典の読み方が、よほど変って来ているように思われる。

『伊勢物語など』では、リルケの『ドゥイノ悲歌』と、日本の古い叙景歌に見られるレクイエム的な要素との比較に、強い関心を示している。いつかは、レクイエム的なものに到達するその願いは、堀辰雄が意識していたにしろ、意識していなかったにしろ、出発と同時に、この作家に課せられていた方向ではなかったろうか。

「……近代の最も厳粛な文学作品の底にも一条の地下水となって流れているところの、人々に魂の静安をもたらす、何かレクイエム的な、心にしみ入るようなものが、一切のよき文学の底には厳としてあるべきだと信じております。……」（『伊勢物語など』）

という言葉は、なみなみのことでは吐けぬ言葉だ。堀辰雄の生涯を、振返ってみるがよい。生母の死。芥川龍之介の死。許婚者の死。小梅の父の死。それから幾人かの堀辰雄より年若い詩人達の死……。そうした死者達の魂が、この言葉を支えている。

堀辰雄が初めて大和へ旅したのは、昭和十二年の晩春だが、次いで十四年のやはり晩春から初夏にかけて、神西清と二人で、十日程の旅をしている。三度目に出掛けたのは、十六年の秋で、その時の収穫が、王朝ものの第四作に当る『曠野』（新潮文庫『かげろふの日記・曠野』の解説参照）であった。

その十六年の秋、大和路へ旅した先々から、多恵子《たえこ》夫人宛《あ》てに書き綴《つづ》った手紙をもとにして、それに加筆したものが『大和路』の『十月』であり、十二月になって又奈良へいった時のものが、『古墳』である。そしてその翌々年の十八年の春、夫人と一緒に、木曾路《きそじ》を通り、伊賀《いが》を経て、大和に出た時のものが、『浄瑠璃寺《じょうるりじ》の春』である。『斑雪《はだれ》』（全集第三巻）と『橇《そり》の上にて』と『辛夷《こぶし》の花』の三編は、『浄瑠璃寺の春』に先立ち、『橇の上にて』が二月に、他の二編が三月に書かれている。『辛夷の花』には、その木曾路越えの旅の様子が、作意なく描かれていて、暖かいほほえましいものがある。堀辰雄は、白い花が好きらしい。

『十月』の最初の手紙の中で述べているように、堀辰雄は仕事をしに奈良へ出掛け、自分をその仕事の雰囲気《ふんいき》に溶け込ませて、自然に自分の考えをその方向に向けてゆく「いつもの手」を使っているが、そのようにして実を結んだのが、『曠野』であった。ところで実は、作者の書きたく思っていたものは、古代に取材したレクイエム風の物語だったのだ（『伊勢物語など』『死者の書』参照）。『大和路・信濃路』の『ノオト』（全集第三巻）に、次のようなことが書いてある。

「……一番最後の旅は、去年（昭和十八年）の初夏、京都にしばらく往っていたとき、一日、桜井の聖林寺《しょうりんじ》をおとずれた旅である。この寺だけ見ていなかったのが、それまで心残りだったが、それで漸《ようや》っと大和の古寺はおおかた見つくしたことになった。しかし、私がこの数年こうやって屢〻《しばしば》大和へ旅しているのは、そういう古寺巡礼のためばかりではない。こちらに来ると、どうもそういうことになりがちだが、私としてはもうすこし intime な旅がしたかったのである。それ故《ゆえ》、そのおりの京都滞在中、或《あ》る友人との対話形式で書いた『死者の書』のなかでは、私の愛読書のひとつである、その埃及《エジプト》もどきの小説の話をきっかけにして、自分のうちにある古代美への憧《あこが》れと、それすら忘れたようになってぼんやりと大和路を歩いていたいような、もう一方の気もちと、その二つの気もちの交錯をちょっと取り上げてみたのだった」

その対話形式の『死者の書』の中で、「あの写経をしている若い女のすがたは美しいね」と釈迢空《しゃくちょうくう》の小説『死者の書』について話し合うところがある。

「僕はあそこを読んでからは女の手らしい古い写経を見るごとに、あの藤原の郎女《いらつめ》の気高くやつれた容子《ようす》をおもい出して、何んとなくなつかしくなる位だ」と語っているが、われわれの作者が当時書きたく思っていた作品は、「ちょうど古代の人々がふいとした思いつきで埴輪《はにわ》をつくりあげたような気もち」――古代の人々が心を埴輪に託する、そのように素朴で「大どか」なレクイエム風のものだったに違いない。

しかし作者は、『十月』『古墳』『浄瑠璃寺の春』に見られる古代への憧れを、遂《つい》に作品に仕上げなかった。戦争や病気が、それを妨げたのである。対話体の『死者の書』を書いたのが、十八年の春。それからまる三年後の二十一年の二月に、又対話体の『雪の上の足跡』を書いている。


……昔の油屋の焼け跡は、畠《はたけ》になり、その筋向いをちょっと這入《はい》ったところに、われわれの作者が戦争中からずっと病を養っている仮《かり》の住まいがある。家の裏には、浅間が迫って見えるのだ。

今年（二十五年）の夏、私が追分《おいわけ》を訪《たず》ね、病床を見舞った時、部屋に芥川さんの茶掛けの軸がかけてあった。

「病中偶感　わが門のうすくらがりに人のゐて　あくびせるにも驚くわれは」

最近、芥川家から贈られた絶筆のものだという。

戦後は、リルケやルイズ・ラベの詩を訳して、雑誌「高原」と「四季」とに発表した。それ以外の纏まった仕事としては、『雪の上の足跡』一編があるだけだ。

われわれの作者は、今も古代への憧れを、胸深くに秘めて、病床にいるわけである……。


以上は二十五年の秋に私が書いたものの一部であるが、その後、堀辰雄は新しい家を、道の逆側の昔の油屋の跡が畠になった奥に建てて、そこに移った。間取りが以前の家とよく似ていた。『近況』（全集第三巻）は二十一年十一月の稿。一身憔悴《しょうすい》対花眠という詩句は、その頃好んで贈呈本の扉《とびら》などに書いていた。芥川龍之介の晩年の仕事『西方の人』と、『雪の上の足跡』とは、堀辰雄の言葉を借りていえば、共にこの二人の作家の Marche funèbre といい得よう（『エル・ハジなど』。全集第四巻）。だが、なんとこの二人は、異なった心境に達したものか。

「鷲《わし》の巣の楠《くす》の枯枝に日は入りぬ」

まさに芥川龍之介を、裏返しにしたところに来ている。二十八年の五月二十八日、私は旅先の京阪電車の宇治駅にいた。雨の降る暮れ方だった。夕刊で堀辰雄の訃報《ふほう》を知った。その日の午前一時四十分に、既に堀辰雄は死んでいた。昨夜は十時過ぎに、琵琶湖《びわこ》湖畔の近江《おうみ》神社が放火で燃えあがった。金色に近い赤い焰《ほのお》と、暗い水面を渡ってくる大津消防署のサイレンとは、宿の窓に立った私に、異様な不安を与えた。
たまたま死の時刻が、そうしたことにめぐり合った直後になるというだけの話だが、私の受けた衝撃は、あの焰と暗い水面を渡って来たサイレンとに結びついている。

（昭和三十年十月、作家）

表記について

新潮文庫の文字表記については、原文を尊重するという見地に立ち、次のように方針を定めました。

一、旧仮名づかいで書かれた口語文の作品は、新仮名づかいに改める。
二、文語文の作品は旧仮名づかいのままとする。
三、旧字体で書かれているものは、原則として新字体に改める。
四、難読と思われる語には振仮名をつける。
五、漢字表記の代名詞・副詞・接続詞等のうち、特定の語については仮名に改める。

本書で仮名に改めた語は次のようなものです。

…居る→…いる・…おる　…切り→…きり　呉れる→くれる
此（の）→この　併し→しかし　果敢ない→はかない
儘→まま　…見たい→…みたい

川端康成著
雪国
ノーベル文学賞受賞
雪に埋もれた温泉町で、芸者駒子と出会った島村――ひとりの男の透徹した意識に映し出される女の美しさを、抒情豊かに描く名作。

川端康成著
伊豆の踊子
伊豆の旅に出た旧制高校生の私は、途中で会った旅芸人一座の清純な踊子に孤独な心を温かく解きほぐされる――表題作等4編。

川端康成著
掌の小説
優れた抒情性と鋭く研ぎすまされた感覚で、独自な作風を形成した著者が、四十余年にわたって書き続けた「掌の小説」122編を収録。

川端康成著
山の音
野間文芸賞受賞
得体の知れない山の音を、死の予告のように怖れる老人を通して、日本の家がもつ重苦しさや悲しさ、家に住む人間の心の襞を捉える。

川端康成著
眠れる美女
毎日出版文化賞受賞
前後不覚に眠る裸形の美女を横たえ、周囲に真紅のビロードをめぐらす一室は、老人たちの秘密の逸楽の館であった――表題作等3編。

川端康成著
千羽鶴
志野茶碗が呼び起こす感触と幻想を地模様に、亡き情人の息子に妖しく惹かれ崩壊していく中年女性の姿を、超現実的な美の世界に描く。

谷崎潤一郎著

痴人の愛

主人公が見出し育てた美少女ナオミは、成熟するにつれて妖艶さを増し、ついに彼はその愛欲の虜となって、生活も荒廃していく……。

谷崎潤一郎著

刺《し》青《せい》・秘密

肌を刺されてもだえる人の姿に、いいしれぬ愉悦を感じる刺青師清吉が、宿願であった光輝く美女の背に蜘蛛を彫りおえたとき……。

谷崎潤一郎著

春琴抄

盲目の三味線師匠春琴に仕える佐助は、春琴と同じ暗闇の世界に入り同じ芸の道にいそしむことを願って、針で自分の両眼を突く……。

谷崎潤一郎著

少将滋幹《しげもと》の母

時の左大臣に奪われた、帥の大納言の北の方は絶世の美女。残された子供滋幹の母に対する追慕に焦点をあててくり広げられる絵巻物。

谷崎潤一郎著

細（ささめゆき）雪

毎日出版文化賞受賞（上・中・下）

大阪・船場の旧家を舞台に、四人姉妹がそれぞれに織りなすドラマと、さまざまな人間模様を関西独特の風俗の中に香り高く描く名作。

谷崎潤一郎著

鍵・瘋癲《ふうてん》老人日記

毎日芸術賞受賞

老夫婦の閨房日記を交互に示す手法で性の深奥を描く「鍵」。老残の身でなおも息子の妻の媚態に惑う「瘋癲老人日記」。晩年の二傑作。

太宰治著
晩年

妻の裏切りを知らされ、共産主義運動から脱落し、心中から生き残った著者が、自殺を前提に遺書のつもりで書き綴った処女創作集。

太宰治著
斜陽

〝斜陽族〟という言葉を生んだ名作。没落貴族の家庭を舞台に麻薬中毒で自滅していく直治など四人の人物による滅びの交響楽を奏でる。

太宰治著
ヴィヨンの妻

新生への希望と、戦争の後も変らぬ現実への絶望感との間を揺れ動きながら、命をかけて新しい倫理を求めようとした文学的総決算。

太宰治著
津軽

著者が故郷の津軽を旅行したときに生れた本書は、旧家に生れた宿命を背負う自分の姿を凝視し、あるいは懐しく回想する異色の一巻。

太宰治著
人間失格

生への意志を失い、廃人同様に生きる男が綴る手記を通して、自らの生涯の終りに臨んで、著者が内的真実のすべてを投げ出した小説。

太宰治著
走れメロス

人間の信頼と友情の美しさを、簡潔な文体で表現した「走れメロス」など、中期の安定した生活の中で、多彩な芸術的開花を示した9編。

阿川弘之著

春の城

読売文学賞受賞

第二次大戦下、一人の青年を主人公に、学徒出陣、マリアナ沖大海戦、広島の原爆の惨状などを伝えながら激動期の青春を浮彫りにする。

阿川弘之著

雲の墓標

一特攻学徒兵吉野次郎の日記の形をとり、大空に散った彼ら若人たちの、生への執着と死の恐怖に身もだえる真実の姿を描く問題作。

阿川弘之著

山本五十六

新潮社文学賞受賞(上・下)

戦争に反対しつつも、自ら対米戦争の火蓋を切らねばならなかった連合艦隊司令長官、山本五十六。日本海軍史上最大の提督の人間像。

阿川弘之著

井上成美

日本文学大賞受賞

帝国海軍きっての知性といわれた井上成美の戦中戦後の悲劇――。「山本五十六」「米内光政」に続く、海軍提督三部作完結編!

井上　靖著

あすなろ物語

あすは檜になろうと念願しながら、永遠に檜にはなれない〝あすなろ〟の木に託して、幼年期から壮年までの感受性の劇を謳った長編。

井上　靖著

風林火山

知略縦横の軍師として信玄に仕える山本勘助が、秘かに慕う信玄の側室由布姫。風林火山の旗のもと、川中島の合戦は目前に迫る……。

安部公房著
他人の顔
ケロイド瘢痕を隠し、妻の愛を取り戻すために他人の顔をプラスチックの仮面に仕立てた男。——人間存在の不安を追究した異色長編。

安部公房著
壁
戦後文学賞・芥川賞受賞
突然、自分の名前を紛失した男。以来彼は他人との接触に支障を来し、人形やラクダに奇妙な友情を抱く。独特の寓意にみちた野心作。

安部公房著
飢餓同盟
不満と欲望が澱む、雪にとざされた小地方都市で、疎外されたよそ者たちが結成した〝飢餓同盟〟。彼らの野望とその崩壊を描く長編。

安部公房著
第四間氷期
万能の電子頭脳に、ある中年男の未来を予言させたことから事態は意外な方向へ進展、機械は人類の苛酷な未来を語りだす。SF長編。

安部公房著
水中都市・デンドロカカリヤ
突然現れた父親と名のる男が奇怪な魚に生れ変り、何の変哲もなかった街が水中の世界に変ってゆく……。「水中都市」など初期作品集。

安部公房著
砂の女
読売文学賞受賞
砂穴の底に埋もれていく一軒屋に故なく閉じ込められ、あらゆる方法で脱出を試みる男を描き、世界20数カ国語に翻訳紹介された名作。

遠藤周作著
白い人・黄色い人
芥川賞受賞
ナチ拷問に焦点をあて、存在の根源に神を求める意志の必然性を探る「白い人」、神をもたない日本人の精神的悲惨を追う「黄色い人」。

遠藤周作著
海と毒薬
毎日出版文化賞・新潮社文学賞受賞
何が彼らをこのような残虐行為に駆りたてたのか？　終戦時の大学病院の生体解剖事件を小説化し、日本人の罪悪感を追求した問題作。

遠藤周作著
留学
時代を異にして留学した三人の学生が、ヨーロッパ文明の壁に挑みながらも精神的風土の絶対的相違によって挫折してゆく姿を描く。

遠藤周作著
侍
野間文芸賞受賞
藩主の命を受け、海を渡った遣欧使節「侍」。政治の渦に巻きこまれ、歴史の闇に消えていった男の生を通して人生と信仰の意味を問う。

遠藤周作著
母なるもの
やさしく許す〝母なるもの〟を宗教の中に求める日本人の精神の志向と、作者自身の母性への憧憬とを重ねあわせてつづった作品集。

遠藤周作著
彼の生きかた
吃るため人とうまく接することが出来ず、人間よりも動物を愛し、日本猿の餌づけに一身を捧げる男の純朴でひたむきな生き方を描く。

新潮文庫最新刊

帚木蓬生著
花散る里の病棟
町医者こそが医師という職業の集大成なのだ――。医家四代、百年にわたる開業医の戦いと誇りを、抒情豊かに描く大河小説の傑作。

藤ノ木優著
あしたの名医2
―天才医師の帰還―
腹腔鏡界の革命児・海崎栄介が着任。彼を加えたチームが迎えるのは危機的な状況に陥った妊婦――。傑作医学エンターテインメント。

貫井徳郎著
邯鄲の島遥かなり（中）
男子普通選挙が行われ、島に富をもたらす一橋産業が興隆を誇るなか、平和な島にも戦争が影を落としはじめていた。波乱の第二巻。

一條次郎著
チェレンコフの眠り
飼い主のマフィアのボスを喪ったヒョウアザラシのヒョーは、荒廃した世界を漂流する。愛おしいほど不条理で、悲哀に満ちた物語。

矢樹純著
血腐れ
妹の唇に触れる亡き夫。縁切り神社の血なまぐさい儀式。苦悩する母に近づいてきた女。戦慄と衝撃のホラー・ミステリー短編集。

J・グリシャム
白石朗訳
告発者（上・下）
内部告発者の正体をマフィアに知られる前に、調査官レイシーは真相にたどり着けるか!?全米を夢中にさせた緊迫の司法サスペンス。

新潮文庫最新刊

野口卓著
からくり写楽
—蔦屋重三郎、最後の賭け—
〈謎の絵師・写楽〉は、なぜ突然現れ不意に消えたのか。そのすべてを知る蔦屋重三郎の奇想天外な大仕掛けを描く歴史ミステリー。

真梨幸子著
極限団地
—一九六一 東京ハウス—
築六十年の団地で昭和の生活を体験する二組の家族。痛快なリアリティショー収録のはずが、失踪者が出て……。震撼の長編ミステリ。

幸田文著
雀の手帖
多忙な執筆の日々を送っていた幸田文が、何気ない暮らしに丁寧に心を寄せて綴った名随筆。世代を超えて愛読されるロングセラー。

安部公房著
死に急ぐ鯨たち・もぐら日記
果たして安部公房は何を考えていたのか。エッセイ、インタビュー、日記などを通して明らかとなる世界的作家、思想の根幹。

燃え殻著
これはただの夏
僕の日常は、嘘とままならないことで埋めつくされている。『ボクたちはみんな大人になれなかった』の燃え殻、待望の小説第2弾。

ガルシア=マルケス
鼓直訳
百年の孤独
蜃気楼の村マコンドを開墾して生きる孤独な一族、その百年の物語。四十六言語に翻訳され、二十世紀文学を塗り替えた著者の最高傑作。

大和路《やまとじ》・信濃路《しなのじ》

新潮文庫　ほ-1-6

昭和三十年十月三十日　発　行
平成十六年九月三十日　五十八刷改版
令和　六　年十月三十日　六十五刷

著　者　堀《ほり》　辰《たつ》　雄《お》

発行者　佐　藤　隆　信

発行所　株式会社　新　潮　社

郵便番号　一六二―八七一一
東京都新宿区矢来町七一
電話　編集部(〇三)三二六六―五四四〇
　　　読者係(〇三)三二六六―五一一一
https://www.shinchosha.co.jp

価格はカバーに表示してあります。

乱丁・落丁本は、ご面倒ですが小社読者係宛ご送付ください。送料小社負担にてお取替えいたします。

印刷・東洋印刷株式会社　製本・株式会社大進堂
Printed in Japan

ISBN978-4-10-100406-8　C0195